ये फितूर और कश्मीरियत

सुयश

Invincible Publishers & Marketeers
G-120, Sushant lok III, near Arihant Hospital Sector 57
Gurgaon-122001
Call us: 9599667779/7838487003
Mail us: contact@i-publish.in

आभार

यह पुस्तक मेरे जीवन का एक सपना है जो आज पूर्ण हुआ। मेरी इस कल्पना को कई दिनों से मैं अपने हृदय में संजोए बैठा था जो आज एक कहानी के रूप में रूपांतरित होकर आप सभी के समक्ष प्रस्तुत है।

इस कल्पना को एक किताब के रूप में साकार करवाने के लिए मै धन्यवाद करना चाहूंगा श्री अनिमेष तिवारी जी का जिनके निरंतर प्रोत्साहन और उत्साह वर्धन के कारण ही आज इस कहानी को एक पुस्तक के रूप में प्रकाशित कर पाया।

मै धन्यवाद करना चाहूंगा मेरे ज्येष्ठ बड़े भाई श्री सुजीत त्यागी जी का जिनका सहयोग जीवन में हमेशा मेरे साथ रहा और इस पुस्तक को पूर्ण करने में जो मेरे सदा सहायक बने रहे। साथ ही मेरे छोटे भाई मोहित, आकाश और साहिल का जो दिन प्रतिदिन इस कार्य को पूर्ण करने को लेकर मेरा उत्साह बढ़ाते रहे।

विशेष धन्यवाद एवं आभार

माताजी – श्रीमती अनीता त्यागी, पिताजी – श्री सनत कुमार त्यागी

जिनके आशीर्वाद के बिना मै कुछ भी नहीं, आप दोनों को मेरा चरण स्पर्श और विशेष आभार।

सुयश त्यागी

१

सो कर उठते ही गर्म चाय से भरा कप हाथ में था और मेरी नज़रे अखबर के पन्नो पर तेज़ी से दौड़ रही थी। पता नही क्यूं पर आज सुबह से ही मौसम में कुछ अलग ही ठण्ड महसूस हो रही थी। चाय का कप खाली कर पलंग से उठ सीधा बालकनी की ओर गया, आसमान में देखा तो आज बादलों के कारण सूर्य की किरणे अपनी आभा नही बिखेर पा रही थी और ऊपर से ये सर्द हवाएं आज दिल्ली में भी मुझे मेरे कश्मीर के दिनों की याद दिला रहीं थी। जब कभी मेरे जहन में कश्मीर से जुड़ा कोई ख्याल आता था, तो ना जाने क्यों ऐसा लगता था जैसे ये वक़्त थम सा गया हो और अचानक ही मुझे साँस लेने में भी कुछ तकलीफ सी महसूस होने लगती थी। इन्ही सब ख्यालों में डूबा हुआ अपनी बिल्डिंग के छठी मंजिल की बालकनी से इस शहर की खूबसूरती निहार ही रहा था कि तभी ऐसा लगा जैसे किसी ने दरवाजे पर टंगी घंटी बजा दी हो, जैसे ही अंदर कमरे में पहुँचा, तो अब बार बार उस बजती हुई घंटी का स्वर स्पष्ट सुनाई देने लगा। जैसे ही दरवाजा खोला तो देखा मेरा एक बहुत पुराना मित्र जो मेरे लिए मेरे परिवार से भी बढ़ कर था, अपने बाएँ कंधे पर एक बड़ा सा बैग टाँगे दरवाज़े पर खड़ा मेरा इंतजार कर रहा था।

अब इस अधेड़ उम्र में भी इतना लेट सो कर उठोगे क्या, मुझे देखते ही मेरे मित्र ने मुझे तंज कसते हुए कहा।

देर से आने के लिए गुस्ताखी माफ हो जनाब, मैंने उसे मुस्कुराते हुए जवाब दिया।

मेरी बात सुन वो मुस्कुराते हुए सीधा अंदर आ गया, आज उसके घर पर आते ही एक बार फिर मेरी सारी पुरानी यादें ताज़ा हो उठी, क्योंकि मेरे इस जीवन में बस यही एक शख्स है जो मेरे अतीत के हर पहलू से अच्छी तरह वाकिफ था। आज फिर ऐसा लग रहा है मानो मेरे जीवन से जुड़े अतीत के पन्ने एक बार फिर किसी ने उलट दिये हो, और जब कभी मेरे अतीत से जुड़ी कोई बात सामने आया करती थी, तो जीवन में किए गए मेरे संघर्षो और मेरे प्यार की दास्ताँ याद कर अक्सर मेरी आँखों से आँसू झलक पड़ते थे। आज भी जब याद करता हूँ तो लगता है जैसे वो बात कल शाम की ही थी।

वो गर्मी की उस शाम को मै कभी नहीं भूल सकता। नवतपा का समय अपने जोरों पर था और सूरज के तेज़ के कारण मौसम में कुछ अलग ही तपिश महसूस हो रही थी, गर्म हवा लगातार लू के थपेड़े मारे जा रही थी और मन में अचानक मुझे इतनी बेचैनी पहले कभी ना महसूस हुई थी जितनी उस वक़्त हो रही थी। रास्ते में गर्मी से बेहाल जानवरों को देख मेरा मन और घबरा रहा था। ऐसा लग रहा था मानो प्रकृति ही मुझे कुछ अनिष्ट होने का संकेत दे रही थी। इन्हीं विचारों से जूझते हुए जैसे-तैसे मैं अपने घर पहुँचा।

घर के आँगन की देहरी पार ही की थी तभी पीछे से किसी ने किवाड़ पर दस्तक दी। मैने पीछे मुड़ कर देखा तो पड़ोस वाले काका किवाड़ खटखटा रहे थे। पिताजी के घर पर न होने के कारण वे अक्सर मेरा हालचाल पूछने आ जाया करते थे। यह सोचकर कि शायद आज भी हालचाल लेने ही आए होंगे, मैने उन्हे देखते ही आदरपूर्वक कहा- अंदर आइए ना काका और आपको किवाड़ खटखटाने की

जरुरत कब से आन पड़ी .....मेरी बात सुन उन्होंने कुछ जवाब ना दिया, कुछ देर रुक उनकी तरफ देखते हुए मैंने फिर कहा, काका आपने आने की तकलीफ क्यों की, मुझे ही आवाज दे दी होती तो मै ही आ जाता। मुझे पता था वो अभी बोलेंगे कि अरे मुझे भी कुछ बोलने देगा या नहीं, पर आज उन्होंने मुझसे कुछ ना कहा, बस एक टक मुझे ही देखते रहे जैसे उनकी आँखें कुछ कहना चाह रही थी। कुछ देर बाद मुझसे रहा ना गया और मैने पूछ ही लिया, "क्या बात है काका कुछ कहना चाहते हैं क्या आप? कहिए ना क्या बात है।" मैने ज्यों ही उनसे यह प्रश्न किया, त्यों ही उनकी आँखों से आँसू की कुछ बूँदें छलक पड़ी। उनको यूँ देख मै चिंतित हो उठा और मैने घबराते हुए उनसे दोबारा पूछा- "क्या हुआ काका जी, आप इस तरह, सब ठीक तो है ना?

उन्होंने धीरे से अपना हाथ मेरे कंधे पर रखते हुए कहा- बेटा वायु, तुम्हारे पिता जबलपुर के सरकारी अस्पताल में भर्ती हैं, और अभी-अभी खबर आयी है कि उनकी हालत कुछ ठीक नहीं है, तुम्हे जल्दी ही वहाँ जाना चाहिए।

वैसे भी पिताजी को देखे हुए महीनो बीत गए थे और ऊपर से यह सब सुन कर मेरे पाँव खड़े नहीं रह पा रहे थे, ऐसा लग रहा था मानो जैसे पाँव के नीचे से जमीन खिसकती जा रही हो, मुझे लगभग छह माह बीत गए थे, पिताजी को ना देखे हुए। वे एक स्वतंत्रता सेनानी थे, देश के प्रति उनके त्याग से मै भलीभांति परचित था, उनका देश के प्रति जो प्यार और समर्पण था, मै उसे देख, बहुत गर्व महसूस करता था। और मुझे इस बात का कभी कोई गम ना था, कि मेरे पिता ने अपना घर परिवार छोड़, देश को

आजाद करने का रास्ता चुना था। बात चाहे ६ दिन, ६ माह या फिर ६ साल, मुझसे दूर रहने की भी हो, पर मेरे पिता का प्यार सदा ही मुझ पर बना रहता था और मेरी माँ तो मुझसे उस दूरी पर थी जिसे मै जीवित रहते कभी मिटा नहीं सकता था, पर उसकी यादें हमेशा ही मेरे साथ थीं। उस वक़्त मेरी उम्र सिर्फ चार वर्ष की ही थी, जब माँ मुझे छोड़ कर चली गई थी, पिताजी के स्वतंत्रता संग्राम में लगे रहने के कारण, घर में उनकी देख-रेख करने वाला कोई ना था और दिन-ब-दिन उनका स्वस्थ बिगड़ता ही चला जा रहा था और अंत में उन्हें भगवान ने अपने पास बुला लिया, मेरी उम्र उस वक़्त मात्र चार साल होने के कारण ज्यादा कुछ मै समझ ना सका। माँ को अचेत और शांत देख बस उसके उठने की प्रतीक्षा में ही बैठा रहा, सोचा सो रही होगी, पर जब वो अगली सुबह नही दिखी तो लगा कि बाहर गई होगी शायद कुछ देर में आ जाएंगी पर दिन बीतते गए और माँ वापस नही आई। अब मेरे साथ थी तो केवल उनकी यादें। घर में इतना कुछ बीत जाने पर भी पिताजी के रवैये में ज्यादा कुछ परिवर्तित नही हुआ था। जैसे मानो उन्होंने अपने जीवन का लक्ष्य ही देश की आज़ादी को बना रखा था। पत्नी तो छोड़कर जा ही चुकी थी और अब उनके इस चार साल के बच्चे का कोई और सहारा ना था। इसी चिंता में वे मुझे अपनी बहन के घर छोड़कर चले गए। बुआ का घर भी हमारे गाँव से समीप ही था। हमारा गाँव शहर से मात्र दस कि. मी. की ही दूरी पर था। जब अंतिम बार पिताजी से मिलना हुआ था तो बता रहे थे कि अंग्रेज़ो से लड़ाई अपने अंजाम पर ही है, हो सकता है अब देश जल्द ही आजाद हो जाए। फिर उनके घर

से जाने के कुछ माह बाद पता चला कि उन्हें रायपुर जेल में कैद कर लिया है। फिर कुछ दिन बाद पता चला कि अब वे नागपुर जेल में बंद हैं, और आज खबर आई है कि वे अस्पताल में भर्ती हैं। इतना सुन मन जैसे बैठ सा गया था। एक दिन मै भी अपने पिता की प्यार की छाव में दिन व्यतीत करूँगा, बस इसी उम्मीद में अपना जीवन खुशी-खुशी बिता रहा था पर आज ऐसा लग रहा था मनो सब व्यर्थ हो गया था। आज मेरी इस बारह वर्ष की उम्र में माँ के चले जाने के बाद पिताजी ही मेरी ज़िन्दगी के आखिरी सहारा बचे थे। जिस बच्चे की माँ बचपन में ही उसे छोड़कर चली जाए, उस बच्चे से ज्यादा शायद उसके पिता की कीमत कोई और नहीं समझ सकता।

अगले दिन सुबह होते ही मै तैयार हो बुआ के घर से पहली बस पकड़ जबलपुर के लिए निकल पड़ा। जबलपुर पहुँचते ही हाँवहाँ बस स्टैंड से सीधे विक्टोरिया अस्पताल जा पहुँचा। जब पहुँचा तो देखा अस्पताल काफी बड़ा था। अंदर घुसते ही लोगो की लम्बी-लम्बी कतारों को पार करते हुए मै बढ़ता जा रहा था। मुझे बस इतना ही पता चल पाया था कि मेरे पिता इसी अस्पताल में भर्ती हैं और अब यहाँ उनको ढूँढ़ना एक बहुत मुश्किल कार्य प्रतीत हो रहा था। एक तो अस्पताल काफी बड़ा था, ऊपर से भीड़ भी अपने चरम पर थी। हाँयहाँ से हाँवहाँ मै बस चक्कर ही काटे जा रहा था। कोई कहता इस वार्ड में देखो तो कोई कहता उस वार्ड में जाकर देखो। काफी देर बाद एक लड़के की मदद से ढूँढने के बाद पता चला कि पिताजी कहाँ हैं।

बड़ी मशक्कत के बाद आखिर मै पिताजी के सामने जा ही पहुँचा। देखा तो वे अचेत अवस्था में लेटे हुए थे। पर तब भी ऐसा लग रहा था जैसे लगातार ही कुछ बोले जा रहे हों।

शायद वे बडबडा रहे थे। उस अस्पताल के डॉक्टर्स उनके इलाज में लगे हुए थे। देखने में तो वे सभी बहुत अनुभवी लग रहे थे। उस वक़्त मेरी उम्र कुछ ज्यादा ना थी, शायद इसीलिए उन्होंने मुझसे बात करना कुछ उचित ना समझा और वे वहाँ पहले से मौजूद मेरे पिताजी के सबसे प्रिय मित्र शम्भू काका को कुछ दूर तक साथ ले जा उनसे बात कर आगे बढ़ गए। शम्भू काका मेरे पिताजी को सबसे अधिक चाहने वालो में से थे। स्वतंत्रता आन्दोलन में दोनों ने कंधे से कन्धा मिलाकर भाग लिया करते थे।

डॉक्टर के जाते ही काका मेरी ओर आए और मेरे सर पर हाथ फेरते हुए बोले- अरे बेटा तुम क्यूँ आ गए यहाँ। मै था तो तुम्हारे पिताजी के साथ, यहाँ अस्पताल में। काका जब से पता चला तब से मन बहुत घबरा रहा था, इसीलिए पिताजी को देखने भागता चला आया। वे मेरी ओर देखते हुए फिर बोले- "अच्छा ही किया बेटा तुमने अब, कम से कम तुम्हे अपने पिता की सेवा करने का मौका तो मिल जायेगा। कुछ देर रुक वे फिर बोले- बेटा अब तुम कुछ देर यहाँ आराम से बैठो, मै कुछ दवाईयाँ ले कर आता हूँ।

काफी देर तक बात करने के बाद बातों ही बातों में काका ने बताया कि तुम्हारे पिताजी अपना मानसिक संतुलन खो चुके हैं और अब गंभीर हालत में हैं, उनकी यह सब बातें सुन मै बहुत दुखी था और ऊपर से अब पिताजी भी मुझे पहचान नहीं पा रहे थे। मै भी उन्हें बार-बार याद दिला कर और परेशान नहीं करना चाहता था। अब तो मै बस उनके पास ही रहकर उनकी सेवा-सत्कार करना चाहता था। वो जिस भी हालत में थे मै उसी में उनके साथ रहना चाहता था। क्योंकि वो एक ही थे जिनसे मेरा पूरा परिवार था। मेरी माँ भी वही थे और मेरे पिता भी, भाई

बहन, काका काकी, मामा मामी जो भी थे सब वे ही थे। उनके ठीक होने के लिए मैं हर घडी भगवान से बस प्रार्थना ही करता रहता था, पर एक दिन डॉक्टरों ने भी जवाब दे दिया कि अब इनका बच पाना मुश्किल है, पर मुझे डॉक्टरों की बातों पर विश्वास ना था क्योंकि मुझे अपने भगवान पर विश्वास था और मै इसी विश्वास के बूते अपने पिताजी को एक बार फिर स्वस्थ देखने के लिए रात दिन उनकी सेवा में लगा हुआ था।

कुछ दिन की सेवा के बाद वही हुआ जिसका मुझे डर था और जो मेरी नियति में लिखा था। मेरे पिताजी भी मुझे छोड़ कर जा चुके थे। धीरे-धीरे मेरा दिमाग सुन्न होते जा रहा था। कुछ भी समझ पाना मुश्किल था, कि आखिर ये सब हो क्या रहा था, मेरे साथ। इतनी कम उम्र में ना जाने और क्या-क्या देखना बाकी रह गया था। माँ तो बचपन में ही साथ छोड़ कर जा चुकी थी, बस एक पिताजी का प्यार और सहारा ही बाकी था आज वे भी छोड़ कर चले गए थे। ऐसा लग रहा था कि नदी के तेज़ बहाव में कूद कर मैं भी अपने प्राण त्याग दूँ। पर पिताजी की कही एक बात स्मरण हो आई, जो वो हमेशा कहा करते थे, जब भी मैं अपनी माँ को याद कर अक्सर उदास हो जाया करता था, कि "बेटा! यह जीवन एक अविरल बहने वाली धारा के समान है, जो आया है एक दिन उसे जाना ही है, बस कोई जल्दी चला जाता है, तो कोई देर से जाता है, पर एक दिन जाना तो सबको ही है"। ये ख्याल मन में आते ही मैं फूट-फूट कर रोने लगा। सही मायने में आज मुझे अनाथ होने का मतलब समझ आ रहा था। भगवान से बार-बार मै बस यही कह

रहा था , भगवान किसी को कितने भी दुख दे देना पर कभी किसी बच्चे को अनाथ मत बनाना।

जैसे ही पिताजी की दुखद सूचना मेरे गाँव पहुँची तो दो तीन रिश्तेदार अस्पताल आ पहुँचे। उनके और अस्पताल के कुछ कर्मचारियों के साथ मिलकर हमने पिताजी का अंतिम संस्कार किया, पर मेरे मन में एक टीस लगातार ही उठ रही थी कि ऐसे भी क्या परिवार और रिश्ते-नाते होते हैं जो अपने घर के सदस्य को ही चार कंधे ना मुहैया करा पाएँ। मानो उस दिन प्रतीत हो रहा था कि ये रिश्ते नाते और ये परिवार सब दिखावा और ढकोसला होता है। मन में एक बात जीवन भर के लिए बैठे जा रही थी कि मै अपने पिताजी की अंतिम विदाई भी पूरी रीति रिवाज़ों से नही कर पाया था । मेरी आँखें अब लगातार उन आंदोलनकारियों और उन लोगों को ढूंढ़ रही थी, जो पिताजी को देश की आज़ादी की लड़ाई लड़ने के लिए प्रथम पंक्ति मे खड़ा कर उत्साह वर्धन किया करते थी। ये आँखें उन्हें भी ढूंढ रही थी जो मेरे घर में बैठ कर देश को आज़ाद करवाने में पिताजी की भूमिका की बड़ी-बड़ी कसीदे पढ़ा करते थे, और ये आँखें परिवार के उन सदस्यों को भी ढूंढ रही थी जो अपने एक सदस्य के चले जाने पर उसे अंतिम विदाई तक देने ना आ सके थे। ऐसा लग रहा था मानो इतनी कम उम्र में ही मुझे जीवन का सच दिख रहा हो कि कौन अपना होता है कौन पराया। उस वक़्त जो हो रहा था वो सब कुछ ही मेरे समझ से परे था।

अगले दिन सुबह ही शम्भू काका ने मुझे फिर अपनी बुआ के घर छोड़ दिया, जाते-जाते आँखों में आँसू लिए मैंने उनसे पूछा- काका, मै आपके साथ नहीं आ सकता क्या?

मेरी उन मासूम आँखों में वे झाँकते हुए बोले बेटा मेरे अपने जीवन का कोई ठिकाना नहीं है और मै नहीं चाहता कि मेरी वजह से तेरी भी जिंदगी बर्बाद हो जाए, इसीलिए तुम यहीं अपनी बुआ के घर पर ही रहो और खूब मन लगा कर पढो और फिर मै तो तुमसे मिलने आता ही रहूँगा।

बस इतना कह, अपनी उन आँखों में आँसू लिए वे मुझे अकेला छोड़ कर चले गए। मुझे छोड़ कर जाते हुए काका की आँखों में जो तकलीफ थी, वो देख मैं मेरे भविष्य के लिए उनकी चिंता को समझ सकता था। पर पिताजी के शांत होने पर परिवार के लोगो का रवैया देख मन में इतनी ठेस लगी थी कि वहाँ मन ही नहीं लग रहा था। मै अपने इस जीवन में अब और किसी पर बोझ बन कर नही रहना चाहता था, इसीलिए कुछ ही दिन बाद सुबह जल्दी उठकर बिना बताए ही अपना सामान बाँध शहर की ओर निकल पड़ा।

मै शहर पहुँच तो गया था, पर शुरुआती दो दिनों तक तो मुझे कुछ समझ ही नही आया कि आखिर करूँ भी तो क्या, बस भूखे पेट पानी पीकर स्टेशन पर ही सोता रहा। फिर सोचा बाहर निकल कर कुछ काम करूँ, पर कुछ समय तक कोई ठिकाने का काम ना मिल सका, फिर एक दिन एक सज्जन जिनकी दुकान स्टेशन के ही नजदीक थी, उनकी सहायता से स्टेशन पर ही जूते पॉलिश करने का काम मिल गया। जाति से तो मैं ब्राम्हण था, नाम था- वायुजीत शर्मा, पर सभी वायु कहकर बुलाते थे, तो बस फिर उसी दिन से

मेरी स्टेशन पर जूते की दुकान चल पड़ी थी। कमाई तो कुछ ज्यादा ना थी पर इतना जरूर था कि दो वक़्त की रोटी का गुज़ारा हो रहा था। वही पास में एक मंदिर भी था, तो अक्सर रात को वही रुक जाया करता था। मै बचपन से ही बहुत लोगों के मुँह से यह बात सुनता आ रहा था- "जिसका कोई नहीं होता उसके भगवान होते हैं" और आज यह बात पूर्ण रूप से मुझे सत्य होती भी दिख रही थी, क्योंकि अब उन्हें छोड़ मेरा कोई और ठोर-ठिकाना नहीं था। वक़्त कैसे बीत रहा था कुछ पता ही नहीं चला और देखते ही देखते स्टेशन पर पॉलिश करते हुए दो, तीन माह बीत गए, तभी एक दिन अचानक हमारे परिवार के काका जो पेशे से व्यापारी थे मेरी ओर आते हुए दिखे। ऊँचे, लंबे, चौड़ी कद काठी का व्यक्ति दूर से ही दिखाई दे देता है और फिर उनकी चाल में भी एक अलग ही रौब था। काला लंबा कोट और उस पर सफेद धोती। सामान वे खुद नहीं पकडा करते थे, उनके साथ पीछे-पीछे एक सहायक हमेशा होता था। उस ज़माने में ऐसा करना धनवान होने का सबूत होता था। अपने धनवान होने का गवाह साथ लाना पहचान हुआ करती थी। मेरे गाँव के रौबदार व्यक्तियों में उनकी गिनती आती थी। काफी रुतबा और शोहरत कमाई थी, उन्होंने, या यूं कहूँ कि हमारे परिवार का नाम बड़े जमिंदारों में आता था तो रुतबा और शान तो होनी ही थी। उनको आते देख मै यहीं सोच रहा था कि आज तो मेरी जम के खिंचाई होगी और आखिर हो भी क्यों ना मेरे पिता के चचेरे भाई थे वे, उनका अधिकार था मुझ पर, पिटाई हो चाहे ना हो पर चिल्लाएँगे तो जरूर ही और फिर अंत में रोते हुए गले लगा

लेंगे । पिताजी की मृत्यु के समय चाचाजी काम के चलते शहर से बाहर गए हुए थे। और उन्हे जब मेरे घर छोड़ने की खबर लगी होगी तो बेचारे जरुर दुखी हो गए होंगे और मुझे ढूंढ़ते शायद यहाँ आ पहुँचे होंगे। वे लगभग मेरे समीप आ ही पहुँचे थे और मै होठों पर मुस्कान लिए सोच ही रहा था कि मेरे पाँव छूते ही वे मुझे गले लगा लेंगे, और मुझे हाथ पकड़ कर घर ले चलेंगे।

पलक झपकने की ही देर थी और वे अब मेरे सामने खड़े थे। उनके चेहरे के भाव से ही पता चल रहा था कि वे बहुत गुस्से में हैं। मैंने उनके इस रवैये का पहले ही अंदाज़ा लगा रखा था कि वे आते ही मुझ पर बरस पड़ेंगे, गुस्सा करेंगे, डांटेंगे और शायद एक थप्पड़ भी रसीद कर दें । मै तो बस इसी इंतज़ार में ही खड़ा था कि वे अब बरसें की तब बरसें, मैने देर ना करते हुए आगे बढ़ कर उनके चरण स्पर्श किए, मै उनके चरणों की तरफ ही देख रहा था, जब उनका हाथ मेरे सर पर नहीं पड़ा तब मैने ऊपर नज़र कर उनकी ओर देखा तो वे झुकी हुई नज़रों से अगल-बगल देख रहे थे, मानो उन्होंने कोई चोरी या पाप कर दिया हो। मै उनकी भावनाओं की उस गहराई और उनकी ऐसी प्रतिक्रिया कुछ समझ नहीं पा रहा था कि आखिर वे ऐसा क्यों कर रहे थे। उनकी नजरें झुकी सी और किसी से छिपने की कोशिश कर रही थी। अब तक तो मै कुछ समझ ही नहीं पा रहा था और उनके चरणों में ही पड़ा था, उतने में ही उनका हाथ बहुत हल्के से मेरे सर पर आया और तुरंत ही हट गया, मानो वे बहुत जल्दी में थे और झटके से थोड़ा पीछे की ओर हट गए। शायद अब मुझे थोडा बहुत समझ आ रहा था पर मेरा मन

क्यों किया भगवान ! अब कहाँ जाऊँगा मै इस दुनिया में और क्या करूँगा।

बस इतना ही पूछ पाया था और मेरी आँखों से आँसू बहने लगे और मैं फूट-फूट कर रोने लगा। आज मुझे पहली बार खुद पर तरस आ रहा था कि आखिर क्या करूँगा मै अपने जीवन में, कब तक दर-दर की ठोकरे खाता रहूँगा। क्या मतलब है आखिर ऐसा जीवन जीने से, पिछले कुछ दिनों में मैंने कई बातें सीखी थी और उनमे एक बात यह थी कि किसी व्यक्ति द्वारा कह देने से जीवन में कोई काम छोटा नहीं होता। और जो भी काम मेहनत और ईमानदारी से किया जाये और जिससे आपका गुज़ारा चल रहा हो वो काम कभी छोटा नहीं हो सकता। समाज के यह सारे झूठे नियम और खोखली मान प्रतिष्ठा मात्र एक दिखावा है। अरे यह कैसा समाज है, कैसे रिश्तेदार हैं जो एक अनाथ बच्चे को अपना सहारा तो दे नहीं सकते और ऊपर से जब वो कुछ काम कर अपना पेट भरने की कोशिश करे, तो परिवार की मान प्रतिष्ठा का वास्ता दे कर उससे वो भी छीन लेते हैं। भाव में आकर बोल तो दिया था चाचाजी से, पर अब करूँगा क्या? पढ़ाई तो पूरी होने से पहले ही छूट गई थी और अब यहाँ रह कर कोई काम भी नहीं कर सकता था। अब तय कर लिया था जो भी करूँगा यहाँ नहीं करूँगा, और लोगों को बोलने का मौका फिर कभी नहीं दूँगा।

आज पिताजी की बातें फिर एक बार याद आ रहीं थी, कि जिंदगी एक अविरल बहने वाली नदी की धारा के समान है, कितने किनारे आते हैं पर वो हर किनारे को छू-कर आगे बढ़ जाती है। अब मुझे भी आगे बढ़ना है रुकना नहीं है। वैसे भी अक्सर रुका हुआ पानी मैला ही हो जाता है और उसमें फिर गंध आने लगती है। इसीलिए अब मुझे भी

अपने जीवन को रुके हुए पानी की तरह मैला नहीं बनाना था। अपने अंतर्मन से बातें करते-करते कब मेरी नींद लग गई, कुछ पता ही नही चला।

२

अगली सुबह उठते ही शहर छोड़ने का निश्चय मन ने कर लिया था, पर मन में एक वचन के साथ कि एक दिन इस शहर में जरुर वापस आऊँगा। फिरवहाँ से सीधे बस स्टैंड की तरफ निकल पड़ा, जैसे ही पहुँचा तो एक बस वहाँ से धीरे-धीरे निकल ही रही थी। मै दौड़ कर उसमे जाकर बैठ गया, कहाँ जाना था, क्या करना था कुछ पता नहीं था, बस यह पता था कि यहाँ से निकलना है। मैने तो यह भी नहीं देखा था कि आखिर मेरे पास पैसे कितने थे। इतने में कंडक्टर ने आते ही पूछा- बेटा कहाँ जाओगे ? उसके पूछते ही पहले तो मै घबरा गया फिर अपनी जेबों में हाथ डालकर देखने लगा, बड़ी मुश्किल से उन जेबों में से कुछ हाथ लगा जितना भी मिला मैंने सब उसके हाथ में थमा दिए और कहा "इतने रूपए में जहाँ तक ले जा सको भैया"।

शायद वो मेरी दयनीय स्थिति समझ गया था, इसीलिए उसने मेरे दिए हुए पैसे लौटा दिए और बोला बेटा इन्हें तुम अपने पास ही रखो और इन पैसो से तुम कुछ खा लेना। आज एक नई बात और देखने को मिली थी जो बहुत बार मैने सुनी थी कि भगवान विपरीत परिस्थितियों में भी आपको दर्शन देते हैं और आपका हौसला बढ़ा जाते हैं। आज उस कंडक्टर को देखकर ऐसा ही लग रहा था मानो भगवान खुद आ गए हों,मुझे यह बताने के लिए कि अब भी इस दुनिया में अच्छाई बाकी है, और ऐसे भी बहुत लोग हैं जो बिना मतलब के भी आपका अच्छा कर जाते हैं और बिना

किसी स्वार्थ के आपको बहुत कुछ दे जाते हैं । उस कंडक्टर ने जैसे मुझ पर एक एहसान किया था उसने मेरी भूख के बारे में सोचा, उसने उन पैसों को मुझसे नहीं लिया जो शायद अगर वो ले लेता तो आज मै भूखा ही सोता । एक बच्चे के लिए ऐसा बस उसके माँ और पिता ही कर सकते हैं इतना तो मै जानता था, पर एक अनाथ बच्चे के लिए ऐसा कोई करे तो शायद वो उसके लिए भगवान ही होता है, या भगवान का भेजा हुआ कोई नेक फरिश्ता । अब तक मेरा अनुभव दुनिया से भरोसा उठने वाला रहा था, पर अब ऐसा लग रहा था कि ये दुनिया इतनी भी बुरी नहीं है जितना मै समझ रहा था । बस अपने चाल से चलती जा रही थी और मेरा मन ना जाने ऐसे कितने ही अनेक विचारो में डूबता चला जा रहा था ।

दो, तीन घण्टे के सफर के बाद बस एक बड़े कस्बे पर पहुँच कर रुकी, जगह बड़ी दिखी तो मै काम की उम्मीद मे बस से उतर गया । बस स्टैंड से बाज़ार का पता कर सीधे उस ओर ही चल पड़ा, वहाँ पहुँचते ही मैंने काम की तलाश शुरू कर दी।

जैसे ही बाज़ार पहुँचा तो देखा वहाँ बड़ी-बड़ी दुकानें थी, देख कर ऐसा लग रहा था की शायद यहाँ तो काम मिल ही जाएगा । लगभग दो घण्टे की कड़ी मशक्कत के बाद लोगो के बताने पर एक सेठजी की दुकान पर जा पहुँचा, जैसे ही दूकान पर पहुँचा तो देखा एक बहुत बड़ी सी दुकान पर अनाज की बोरियाँ भरी रखी थी । उसी दुकान के सामने की ओर कुर्सी लगाए लगभग पचास वर्ष का एक अच्छी कद काठी का आदमी बैठा हुआ था । बैठे-बैठे उसकी तोंद कुछ बाहर की ओर आ गयी थी और वो वहीं उस कुर्सी पर बैठे

हुए अपने नौकरों को बड़े प्यार से काम बताये जा रहा था। जैसे ही उनकी नज़र मुझ पर पड़ी उन्होंने मुझसे पूछा- क्या काम है बेटा ? सेठ जी ! मै इस शहर में नया हूँ और आपकी दुकान पर काम की तलाश में आया हूँ। मेरी बात सुनते ही उन्हें मेरी इस मासूम शक्ल पर तरस आ गया और वो वहीं अपनी कुर्सी पर बैठे-बैठे ही बोले तुम्हे काम तो मिल जाएगा पर तुम किसी अच्छे घर से लगते हो कहीं भागकर तो नहीं आये ? नहीं सेठजी, मै भागकर जरूर आया हूँ, पर सिर्फ एक शहर से अपने घर से नहीं । मेरी नज़र में माता-पिता से ही घर होता है और मेरे जीवन में तो दोनों ही नहीं हैं, दोनों मेरा साथ छोड़कर जा चुके हैं, अब आप ही बताएँ मै भागकर कैसे आ सकता हूँ। मेरी बातें सुन सेठजी गंभीर हो उठे, मेरी ओर देखते हुए बोले- बेटा मेरा अनाज का काम है मै तुम्हे नौकरी दे भी दूँ तो तुम्हे इन्ही अनाज की बोरियों को उठाना रखना पड़ेगा, क्या ये सब कुछ कर पाओगे तुम ? जी सेठजी ! जरूर कर पाऊँगा बस आप एक मौका दे दीजिये। उसके तुरंत बाद वेतन वगेरा की बात पक्की कर उन्होंने मुझे नौकरी पर रखने की हामी भर दी। अब नौकरी का ठिकाना तो हो गया था, पर उस अंजान शहर में कुछ ढूंढना बाकि था तो वो रात गुजारने का आसरा। वहाँ तो भगवान ने अपने घर में शरण दे दी थी, यहाँ भी शायद उन्ही का सहारा लेना पड़े, यह ख्याल आते ही पास का एक मंदिर देख कर आ गया । शुरू के चार पाँच दिन तो उसी मंदिर में रह कर रात गुजारी, पर आखिर कब तक ऐसे चलता किसी ना किसी दिन कोई न कोई आपत्ति तो उठा ही देता । बस इसी फ़िक्र में एक दिन मैंने सेठजी से जो कि व्यवहार में एक बहुत ही सज्जन और

सरल पुरुष थे उनसे कहा, "सेठ जी, आपने काम पर रखा है, कहीं अगर रहने का ठिकाना भी दिलवा देते तो बहुत ही अच्छा होता, वैसे तो मंदिर में कोई दिक्कत नहीं है पर अगर आगे किसी ने कुछ आपत्ति जताई तो .. "मै उनसे इतना बोलते-बोलते रुक गया । थोड़ी सकुचाहट भी थी कि क्या बोल रहा हूँ आखिर क्या सोच रहे होंगे, कि काम पर तो रखा ही है अब इसके लिए रहने की भी व्यवस्था करो । कहीं ऐसा ना हो कि गुस्से में आकर बोल दें कि वो तो हो नहीं पाएगा तुम कहीं और अपना काम और रहने का ठिकाना ढूंढ लो। मेरा मन अपने आप को ही कोस रहा था कि क्यों पूछ लिया, अच्छा खासा काम मिला था वो भी गया हाथ से, ऊपर से शर्म अलग आ रही थी, नज़रें नहीं मिला पा रहा था मै, क्या करूँ मेरी स्थिति ही कुछ ऐसी थी, लोग प्यार से भी करे तो वो एहसान ही था मेरे लिए, और रिश्ते नातेदारों ने तो ऐसा भरोसा तोड़ा था कि इस दुनिया से विश्वास ही उठ सा गया था । कुछ अच्छे लोग जो मिले जिन्होंने काम दिया रोटी दी, उनसे जितना भी मिल रह था, वो ही बहुत लगता था । उससे ज्यादा की ना कभी चाहत हुई ना कभी जरूरत । अब आज जिन्होंने पहली बार माँगने पर ही काम दे दिया उनसे मुँह खोल के और कुछ माँगना बड़ा असहज कर रहा था।

मैने उनकी तरफ देखा ही नहीं और हाथ बाँधे नीचे मुँह करके जमीन की ओर देखता रहा। उन्होंने अपना हाथ मेरे कंधे पर रखा और बड़े विनम्रता से बोले

"तुम चिंता मत करो, मै जल्द ही तुम्हारे लिए कुछ व्यवस्था जमाता हूँ", इतना कह कर वो वहाँ से चले गए, और मै उनकी तरफ ढंग से देख कर धन्यवाद भी नहीं कर पाया। मेरे लिए तो इतना सुनना ही काफी था। वैसे अब मुझे रहने का ठिकाना ढूँढना बहुत जरूरी था, पर जहाँ मै यह सोच रहा था कि वो मुझे काम से ही ना निकाल दे, पर उन्होंने तो मेरी चिंता ही अपने सर ले ली थी। अभी कुछ दिन पहले की ही तो बात थी जब चाचाजी मिले थे, मै सोच रहा था कि वो मुझे गले लगाएंगे और फिर डांट कर घर वापिस ले जाएंगे पर हुआ बिल्कुल विपरीत, और अब यहाँ मै सोच रहा था कि सेठजी मुझे यह कहकर भगा देंगे कि उंगली क्या पकड़ाई तूने तो हाथ पकड़ लिया। पर यहाँ भी विपरीत ही हुआ, बड़े सरल भाव से उन्होंने मुझे चिंतामुक्त कर दिया था। दो दिन बीत गए थे, तीसरे दिन सेठजी ने मुझे बुलाया और कहा- वायु एक अम्मा हैं, उसका घर वहीं मंदिर के पास ही है, तुम उसके साथ रह सकते हो। अम्मा मेरे घर का ही काम किया करती है और वो घर पर अकेले ही रहती है, अगर तुम उसके साथ रहने लगोगे तो उसे भी एक सहारा मिल जाएगा और तुम्हे तुम्हारे रहने का ठिकाना। वैसे तो अम्मा के बहु बेटे भी हैं पर काम के सिलसिले से दोनो बाहर ही रहते हैं। सेठ जी की बातें सुन, मैंने उन्हें हाथ जोड़ कर धन्यवाद कहा, आज लग रहा था कि वाकई सेठ जी एक बहुत ही अच्छे व्यक्ति थे जो हमेशा दूसरों का दुख समझा करते थे, बस फिर उसके अगले ही दिन से मै अम्मा के साथ उसके घर पर रहने लगा।

अब दिन तेज़ी से कट रहे थे और हँसी-ख़ुशी मेरा गुज़ारा चल रहा था, और काम के दौरान मुझे जब भी कुछ पेपर या कोई किताब पढ़ने को मिल जाया करता तो मै उसे पढ़ लेता था। वैसे तो मै पाँचवी पास था, पर पिताजी के चले जाने के बाद सब छूट गया था। जब जीवन के गुज़ारे का ही ठिकाना नही बचा था तो पढ़ाई कैसे कर पाता, मेरा जीवन में एक सपना था खूब पढ़ने का, शायद अब वो भी अधूरा होते जा रहा था। सेठ जी के घर रोज़ जाने के पहले सुबह उठ कर मंदिर जरूर जाया करता था क्योंकि वही बस अब एक बचे थे जिनका इस दुनिया में मुझे सहारा था और उन्होंने ही मुझे हमेशा आसरा भी दिया था। मंदिर में दर्शन कर वहाँ से सीधे चाय पीने जाया करता था, वैसे पगार इतनी तो ना थी कि मै रोज़ सुबह चाय पी सकूँ इसीलिए चाय के साथ ही सुबह दो रोटी खा लिया करता था, जिससे दिन मे खाने की जरूरत नही होती थी और फिर रात का खाना अम्मा के साथ घर पर ही हो जाया करता था। अम्मा लगभग साठ वर्ष की एक वृद्ध औरत थी, जिसके सर के बाल उसकी बढती उम्र के कारण सफ़ेद हो चुके थे। उसके मुँह में अभी भी छह-आठ दांत बाकि थे। उसे आँखों में दूर का, अब कुछ कम ही दिखाई पड़ता था, पर उसके कानो में सुनने की शक्ति आज भी बहुत तेज़ थी। वो इस उम्र में भी रोज चार पाँच घरो में बर्तन और झाड़ू का काम किया करती थी और रोज़ जिन घरो में काम करती थी वहाँ से कुछ न कुछ बचा हुआ खाना ले ही आती थी, इसीलिए रात को अक्सर भोजन कम ही बनाना पड़ता था। मै रोज़ खाना खाते वक़्त सोचा करता था कि अगर मैं कभी कुछ अच्छा बन पाया, तो

घर पर काम करने वाले लोगो को ताज़ा खाना ही दिया करूँगा, आखिर दूसरों का दर्द भी हमे तभी ही समझ आता है जब हम उस दर्द से गुज़र चुके हों।

अब रोज़ की लगभग इसी भाग दौड़ में मेरी ज़िन्दगी कट रही थी, तभी एक दिन सुबह दुकान जाते समय एक बच्चे को अपनी माँ के साथ जाते हुए देखा, वो बच्चा बार-बार अपनी माँ की साड़ी पकड़ कर खींच रहा था। मै जब कभी भी ऐसे किसी बच्चे को अपनी माँ के साथ खेलते देखा करता, तो मानो बस उसे ही देखते रह जाता था, हमेशा मेरे इस मन में एक ही ख्याल आता था कि आखिर मै ही इतना अभागा क्यों हूँ इस दुनिया में जो मेरी माँ मुझे छोड़ कर चली गई, ना तो कभी किसी से मै कोई खुशी बाँट सकता था और ना ही कोई गम, जो कुछ कहना और सुनना था बस खुद को ही बताना था। हाँ! पर अम्मा के रूप में ही सही अब मुझे भी उस ममता की छाँव में रहने को मिल रहा था और बहुत कुछ माँ की कमी भी पूरी हो रही थी। अम्मा जब भी कभी रात को किसी के घर से बची हुई रोटी और भोजन लाया करती तो उसमे से छाँट कर हमेशा ताज़ा और अच्छा मुझे ही दे दिया करती, फिर बचा हुआ भोजन खुद खाया करती थी। उसे देख कर लगता था कि इस अम्मा से मेरा खून का कोई रिश्ता नही, तो ये इतना प्यार करती है अगर आज मेरी अपनी माँ जिंदा होती तो मै कितना खुशनसीब होता।

अगले दिन मंगलवार था, इस कारण सुबह जल्दी उठ स्नान इत्यादि कर मै घर से मंदिर की ओर निकल पड़ा। मंदिर में पूजा कर सेठजी जी की दुकान की तरफ जा ही

रहा था कि तभी मार्ग से जाते हुए एक महात्मा पर मेरी नजर पड़ी, जो भगवा वस्त्र पहने हुए थे, जिनके गले में रुद्राक्ष की माला, माथे पर शिवजी सा त्रिपुंड तिलक, बढ़ी हुई दाढ़ी और उनके लम्बे-लम्बे घुँघराले बाल जो उनके कंधो से भी नीचे तक लटक रहे थे। उनके मुख-मंडल पर एक अलग ही तेज़ था, वे देखने से ही एक बहुत तपस्वी संत प्रतीत हो रहे थे। देखा तो वे बाज़ार की हर दुकान से कुछ ना कुछ भिक्षा माँग रहे थे। आगे चलकर पास की ही दुकान पर मै रोज की तरह आज भी चाय पीने रुक गया, कुछ ही देर बाद वे महात्मा भी उसी दुकान पर आ पहुँचे। दुकान पर पहुँच कर उन्होंने अपनी भिक्षा में मिले हुए पैसे उस दुकानदार को दिए और चाय के साथ कुछ खाने को लिया।

महात्मा अपने हाथों से निवाला तोड़ कर खाने ही वाले थे कि उतने में ही एक भिखारी वहाँ आ पहुँचा और बोला– महाराज कुछ दे दीजिए बहुत भूख लगी है।

महात्मा ने उसकी बात सुन उसे देने के लिए तुरंत अपने झोले में हाथ डाल कर देखा पर उन्हें उसमे उसे देने के लिए कुछ ना मिला, फिर उन्होंने अपने हाथ में रखी रोटी और चाय उठा कर उस भिखारी को दे दी। वो भिखारी उनके द्वारा दिया हुआ लेकर उन्हें प्रणाम कर आगे बढ़ गया, महात्मा भी उसका अभिवादन स्वीकार कर मुस्कुराते हुए आगे की ओर चल दिए। मै ये पूर्ण घटनाक्रम देख कर अचभिंत हो उठा कि कैसे कोई व्यक्ति जो जगह-जगह भिक्षा माँग कर धन संग्रह कर कुछ खाने को खरीदता है और एक भिखारी द्वारा माँगे जाने पर सब उसे ही दे देता है और खुशी-खुशी मुस्कुराते हुए आगे बढ़ जाता है। ये सब घटनाक्रम देखकर मन में महात्मा से बात करने की तीव्र

जिज्ञासा उत्पन्न हो गई, इसीलिए मै भी उनके पीछे-पीछे ही चल पड़ा। वो थोड़े आगे ही निकले थे कि मैने साहस जुटा कर उन्हें आवाज़ दी- "महात्मा जी",

मेरी आवाज़ सुनते ही वो महात्मा वहीं ठहर गए, जैसे ही वो रुके मैं उनके चरणस्पर्श करने के लिए झुक गया, वो बोले आयुष्मान भव!

फिर उनके उस तेज़स्वी मुखमंडल की ओर देखते हुए मैंने उनसे बोलना शुरू किया, महात्मा जी मेरा नाम वायु है और मैं भी एक ब्राम्हण का ही पुत्र हूँ और यहाँ एक सेठ जी की दुकान पर मजदूरी का काम करता हूँ। मैंने अभी-अभी आपको उस चाय की दुकान पर देखा, तो बात करने की प्रबल इच्छा होने के कारण खुद को रोक ना सका।

महात्मा मेरी बातें सुन मुस्कुरा दिए और बोले, ऐसा है तो चलो किसी पेड़ के नीचे चल कर आराम से वार्तालाप करेंगे, रास्ते में चलते-चलते उनके द्वारा पूछने पर मैंने उन्हें अपने माता-पिता के बारे में बताया, मेरी व्यथा सुन उनका हृदय पसीज उठा। आगे एक पीपल का पेड़ आया तो हम दोनो वहाँ जाकर उसकी छाँव के नीचे बैठ गए।

बैठे-बैठे मैंने उनसे कहा- महात्मा जी बहुत देर से मेरे मन में एक प्रश्न है जो आपसे पूछना चाहता हूँ।

वे बोले पूछो, मैंने कहा- आप जब अलग-अलग दुकानों पर जा-जा कर भिक्षा माँग रहे थे, मै तभी से आपको देख रहा था, आपने इतनी मुश्किल से जगह-जगह भिक्षा माँग कर कुछ खाने को खरीदा और भिखारी द्वारा माँगे जाने पर उसे ही पूरा दे दिया। ऐसा क्यूँ ?

मेरी बात सुन महात्मा जी एक बार फिर मुस्कुराने लगे और बोले, बेटा यही जीवन का सत्य है, उसे देने में जो आनंद मुझे मिला है वो शायद मुझे वो चाय और रोटी ग्रहण करके भी नही प्राप्त हो पाता, सोचो अगर कोई नेक दिल व्यक्ति तुम्हे सही वक़्त पर सहारा दे देता तो आज तुम यहाँ मजदूरी नही कर रहे होते, कहीं किसी विद्यालय में अपनी शिक्षा पूरी कर रहे होते, और इस कार्य के बदले उस धर्मात्मा को जो पुण्य प्राप्त होता, वो शायद हज़ारों यज्ञ के बाद भी मिलने वाले उस फल से ज्यादा ही होता। इसके बाद वो पुनः बोले– बेटा एक बात हमेशा याद रखना दान और धर्म परस्पर हैं, बिना दान के धर्म का कोई फायदा नही, और धर्म से ही हमे दान करने का महत्व पता चलता है, सबके कल्याण के लिए ही धर्म होता है, इसीलिए कहा भी गया है —

सर्वे भवन्तु सुखिनः।

इतना बोल कर महात्मा जी ने मेरी ओर देखा और मेरे सर पर हाथ रख दिया, फिर कुछ देर रुक कर बोले, बेटा जीवन एक नदी के समान ही होता है, जिस प्रकार नदी की धारा निरंतर बहते रहती है वैसे ही हमारा जीवन भी निरंतर ही चलता रहता है। तयं हमे करना होता है कि हमे जाना कहाँ है और रुकना कहाँ है, मेरी नज़रो में उस धारा के साथ निरंतर बढ़ते जाने में ही जीवन का आनंद है और वैसे भी अब तुम्हारे पास इस जीवन में खोने के लिए कुछ बचा ही कहाँ है, मै अभी इस समय तुमसे ज्यादा

शक्तिशाली यहाँ और किसी को नही मान सकता क्योंकि जिसके पास कुछ खोने का डर ना हो वो जीवन की हर कसौटी पर खरा ही उतरता है। तुम आज इस समय यहाँ इस पेड़ के नीचे जमीन पर बैठे हो, कल कितने भी ऊपर क्यूँ ना चले जाओ अगर वहाँ से गिरे भी तो खुद को वापस यहीं ही पाओगे, इससे बुरा तुम्हारे साथ इस जीवन में कुछ और हो नही सकता, इसीलिए बेटा मै तुम्हे बहुत शक्तिशाली मानता हूँ और इस विश्वास के साथ कहता हूँ कि एक दिन तुम जरुर कुछ बड़ा कर दिखाओगे। फिर महात्मा जी कुछ देर वहीं सोच में बैठे रहे, फिर बोले- अच्छा बेटा मैं अब चलता हूँ अभी मुझे बहुत लंबा सफर तय करना है।

मैं महात्मा जी के वचन सुन भावुक हो गया, उनकी बातें सुन मुझे आज अपने पिताजी की बातें याद आ रहीं थी। उन्हें याद कर मेरी इन आँखों में आँसू की कुछ बूंदे छलक पडी और मेरी आँखों में आँसू देखते ही महात्मा जी ने अपने दोनों हाथों से मेरे कंधे पकड़ लिए। मैंने तुरंत अपने हाथों से आँसू पोछ कर उनसे नज़रें चुराते हुए झुक कर उन्हें पुनः चरणस्पर्श किया। उन्होंने मुझे एक बार फिर आशीर्वाद देते हुए कहा- बेटा भगवान तुम पर अपनी कृपा हमेशा बनाए रखे। इतना कह उन्होंने मुझसे जाने की आज्ञा ली और जाते-जाते बोले- वायु चलता हूँ और प्रभु की इच्छा रही तो कभी ना कभी हमारी मुलाकात जरूर होगी।

हे पवित्र गंगा की धारा,
जहाँ बना काशी का किनारा,
विश्वनाथ मंदिर से होकर,
प्रबल किया हिंदुत्व हमारा ॥
हर-हर गंगे, हर-हर गंगे ॥

इसी ध्वनि का बार-बार उच्चारण करते हुए महात्मा जी अपने मार्ग पर आगे बढ़ गए।

महात्मा जी को विदा कर मै सीधा सेठजी की दुकान की तरफ निकल पड़ा।

आज दिन भर जैसे दुकान में काम करने में मन ही नही लग रहा था। शाम को दुकान का काम जल्दी निपटाकर सीधे मंदिर की ओर निकल पड़ा, वहाँ पहुँच कर एकांत में महात्मा जी द्वारा की गई बातों को स्मरण करने लगा। आज ऐसा लग रहा था मानो जीवन में पहली बार किसी ने अंदर की मूर्छित पड़ी चेतना जगा दी हो, मस्तिष्क में उनके द्वारा कही गई एक-एक बात घूम रही थी। कुछ समय वहाँ अकेला व्यतीत कर, वहाँ से घर की ओर निकल पड़ा, घर पहुँचा तो देखा अम्मा भोजन पर मेरा इंतजार कर रही थी। मेरे घर के अंदर घुसते ही मुझे देख बोली, बड़ी देर कर दी रे वायु आज तूने। हाँ ! अम्मा आज मंदिर चला गया था इसीलिए देरी हो गई। वो बोली चल अब जल्दी आ जा भोजन लगा दिया है। फिर भोजन करते-करते मैंने अम्मा को आज का महात्मा जी वाला पूरा वाक्या सुनाया, ऐसा लगा मानो अम्मा उनके द्वारा कही एक-एक बात समझ रही थी। कुछ समय तक चुप रहने के बाद बोली- बेटा महात्मा जी सत्य ही कह रहे थे, ये जीवन एक निरंतर बहने वाली नदी के समान ही तो है, हमेशा इसमे आगे की ओर बढ़ते ही जाना चाहिए। कुछ देर रुक वो फिर बोली, एक बात बता वायु आखिर तू भी कब तक यूँ मजदूरी कर अपना जीवन गुज़ारा करता रहेगा, अब आगे बढ़ कुछ अच्छा काम ढूंढ

जिससे तेरा जीवन संवर जाए, कुछ पढ़ लिख कर अच्छा बन, नही तो फिर आगे अपना घर कैसे बसा पाएगा। आखिर कब तक यहाँ यूँ ही अकेले ही जीवन काटता रहेगा। मेरी तो उम्र हो गई है, थोड़ी बहुत ही बची है, तो वो भी रही सही कट ही जाएगी। अब अपने इस जीवन का सोच कर आगे बढ़ बेटा।

मुझसे इतना बोल अम्मा भावुक हो उठी। मैंने पहली बार उसकी उन बूढ़ी आँखों में आँसू आते देखे थे। अपने पूरे जीवन में पहली बार किसी को अपने लिए आँसू बहाते देखा था मैंने, उसे यूँ देख मेरा भी मन पसीज उठा था। मै खुद को उस ममता की छाँव में बहने से रोक ना सका और जैसे ही मेरी आँखें नम हुई वहाँ से उठकर सीधा बाहर की ओर निकल गया। आज रात भर जैसे मुझे नींद ही नहीं आ रही थी, आती भी कैसे मन में इतनी कौतूहल जो मची हुई थी।

रात में सोने की ही कोशिश कर रहा था कि तभी घर के बाहर बहुत शोर सुनाई देने लगा। बाहर निकला तो देखा लोगो के जत्थे के जत्थे निकल रहे थे। लोग ख़ुशी से झूम रहे थे। हर किसी का गला जैसे नारे लगा-लगा कर बैठा सा जा रहा था। हम आज़ाद हो गये, हिंदुस्तान जिंदाबाद, भारत माता की जय, वन्देमातरम... ना जाने ऐसे कितनी ही ओजस्वीपूर्ण नारों से जैसे अचानक ही पूरा शहर गूंज उठा था। तभी वहाँ से जा रहे एक लड़के को रोक कर मैंने पूछा- क्या हुआ भाई इतना जश्न कैसा ? लडके की आँखों में उत्साह अलग ही चमक रहा था। वह अत्यधिक उत्साहित होते हुए मुझसे बोला, अभी-अभी गाँधी जी ने बताया है कि हम आज़ाद हो रहे हैं और अब अंग्रेज़ भारत छोड़ कर जाने वाले हैं। उसकी ये बातें सुन मुझे एक बार फिर अपने

पिताजी का स्मरण हो आया, कि कैसे वे भी बस दिनभर देश को आज़ाद करने का ही सपना देखा करते थे। अगर आज वे जिंदा होते तो उनकी ख़ुशी का अनुमान लगाना बेहद मुश्किल होता। मुझे आज भी वो शाम याद है, जब वो आखिरी बार मुझे घुमाने ले जा रहे थे और रास्ते में मुझे बता रहे थे कि बेटा हमारा देश अब जल्द ही आज़ाद हो जायेगा। आज मुझे समझ आ रहा था कि ना जाने ऐसे कितने ही लोगो ने अपनी और अपने पूरे परिवार की आहुति देकर अपने इस देश को आजादी दिलाई थी। आज मै भी वहाँ खड़ा होकर सबसे चिल्ला-चिल्ला कर कहना चाहता था कि इस आज़ादी में मेरे पिताजी का भी योगदान है, पर मै कुछ कह ना सका, बस चुप चाप वहीं खड़े रह उन सब की ख़ुशी देख खुश होता रहा। ना जाने कितने ही खुश थे सब, जैसे उन्हें उनका सब कुछ मिल गया था। आज इन सभी को देख कर लग रहा था कि कितना खो जाते हैं लोग अपने देश को आज़ाद कराने की इस लड़ाई में, आज मुझे अपने पिताजी पर बहुत गर्व महसूस हो रहा था कि कहीं ना कहीं उन जैसे लोगो के कारण ही कल इस देश और देश के लाखो लोगो के जीवन में एक नया सवेरा होने वाला था। उन लोगो की ही वजह से आज यहाँ हजारो चेहरे खिले हुए थे। आज मुझे भी सही मायने में लोगो के दिलों में देश के प्रति उस भक्ति का अर्थ समझ आ रहा था। उन सभी के चेहरे पर वो ख़ुशी देखकर मै भी बहुत खुश था, पर तभी एक विचार ने भी तुरंत ही मेरे मन को घेर लिया कि अपना ये देश तो आजाद हो गया है पर क्या मै कभी आज़ाद हो पाऊँगा ? क्या मै कभी अपना जीवन स्वतंत्रता से जी पाऊँगा ? ये विचार मन में आया ही था कि अम्मा घर से बाहर निकल आई और बोली, वायु अब अंदर जाकर सो जा, सुबह काम पर नहीं जाना क्या ? उनकी यह बात सुन

शायद मुझे मेरे प्रश्न का जवाब मिल गया था, मै तुरंत ही वहाँ से सीधा घर के अंदर जाकर सो गया। अगले दिन सुबह जब सो कर उठा तो देखा अम्मा घर पर ही थी। आज काम पर नही गई थी। अक्सर, मै जब सो कर उठा करता था, तो अम्मा मुझसे पहले ही काम पर चली जाती थी। आज उसकी तबीयत कुछ ठीक दिखाई नही पड़ रही थी।

मैने अम्मा से पूछा तो मेरे पूछने पर वो धीमी आवाज में बोली "हल्का बुखार है बेटा, सेठजी को बता देना मै आज आ नही पाऊँगी, काम पर"।

"ठीक है, अम्मा ! बता दूँगा, तुम अब आराम करो"।

इतना कहते हुए अम्मा से विदा ले मैं दुकान के लिए निकल पड़ा, रास्ते में रोज की ही तरह चाय पीने रुक गया, उतने मे एक बच्चे ने आकर मुझसे कहा- भैया कुछ खिला दो, मै उसकी ओर देख कर मुस्कुरा दिया, फिर मैंने दुकानदार से दो चाय और रोटी ली, दोनो ने मिल-बाँट कर खाई। शायद, ये सब उस दिन उन महात्मा जी की शिक्षा का ही नतीजा था और अब मैं अपने जीवन में रोज़ इसी सिद्धान्त पर चलने का मन बना चुका था कि अब भविष्य में जो भी मुझसे कुछ माँगा करेगा, उसे अपनी गुंजाइश के अनुसार दे ही दिया करूँगा।

दुकान पर पहुँचा तो सेठजी कुर्सी पर बैठे हुए थे। मैने दुकान में घुसते ही उनसे कहा- सेठजी आज अम्मा काम पर ना आ सकेगी, उसका स्वास्थ खराब है। वे बोले ठीक है तो तुम ही आज दुकान से जल्दी काम निपटा कर घर जाकर काम कर देना।

जब-जब अम्मा काम पर नही जाया करती थी, तब-तब सेठजी के घर जाकर मै ही उनके यहाँ झाड़ू पोछा और बर्तन

किया करता था। पर आज उनके घर बहुत दिनों बाद जाना हुआ था। उनके घर काम करते-करते सेठजी के बच्चो से पता चला, शहर में नौटंकी करने वाले आए हुए हैं, और शाम को मेरे घर के पास वाले मैदान में ही उनका कार्यक्रम है। यह सुन मै जल्दी-जल्दी काम निपटाने लगा क्योंकि नौटंकी मैंने कभी देखी ना थी पर सुन बहुत रखा था कि बहुत ही मजेदार कार्यक्रम होता है। काम निपटा कर आज मै जल्दी ही घर वापस आ गया था। घर पहुँचा तो देखा अम्मा का स्वास्थ्य कुछ ठीक ना था इसीलिए पहुँचते ही अपना और अम्मा का भोजन बनाने में लग गया। भोजन बनते ही जल्दबाज़ी मे भोजन कर और अम्मा को बाहर जाने का बता कर मैंने मैदान की तरफ दौड़ लगा दी। जब मै मैदान पहुँचा तो देखा कार्यक्रम चालू होने में अभी काफी समय बाकी था, तो मौका पाकर मै उनके नजदीक जाकर उनकी तैयारी देखने लगा। उस नौटंकी-मंडली में तीन महिलाओं को छोड़ बाकी सब पुरुष ही थे और उनके साथ एक दस वर्ष का बच्चा भी था। थोड़ी ही देर बाद मैदान पर अच्छी खासी भीड़ इकट्ठी हो गई और उसके कुछ ही देर बाद उन्होने अपना कार्यक्रम भी चालू कर दिया। कार्यक्रम चालू हुआ तो मंडली में से तीन महिलाएं और दो पुरुष गाना गाने लगे और साथ ही साथ वे ढोलक और झांझर भी बजाए जा रहे थे। बाकी दो लड़के महिलाओं का भेष बना चार पुरुषो के साथ नृत्य करने लगे। कार्यक्रम लगभग दो घण्टे चलता रहा और भीड़ भी पूरे कार्यक्रम के दौरान बढ़ती ही जा रही थी। कार्यक्रम काफी मनोरंजक था। रात को जब कार्यक्रम देख कर घर लौटा तब तक काफी देर हो चुकी थी और अम्मा गहरी नींद में सो रही थी। अगले दिन सुबह आँख खुली तो अम्मा काम पर जाने को तैयार हो रही थी। मुझे जागा हुआ देख कर

बोली- वायु इतनी रात-रात भर बाहर मत घूमा कर। मैंने उसे जवाब देते हुए कहा- घूम नहीं रहा था, अम्मा! नौटंकी वाले आए हैं अपने शहर में तो उनका कार्यक्रम देखने गया था। कुछ देर बाद अम्मा काम पर निकल गई और फिर मै भी जल्द तैयार हो दुकान की ओर निकल पड़ा। घर से सेठजी की दुकान पर जाने का जो रास्ता था, उसी रास्ते पर वो मैदान भी पड़ता था जिस पर कल रात नौटंकी का कार्यक्रम हुआ था। रास्ते में चलते-चलते आज फिर वो मौदान पड़ा जहाँ कल रात्रि कार्यक्रम हुआ था। उसी नौटंकी मंडली के दो युवक जो कल औरत के भेष में नाच रहे थे वहाँ मैदान पर ही टहल रहे थे। उन्हें देख कर मैं उनके समीप पहुँच गया और कल के हुए कार्यक्रम के लिए मैंने उन्हें शुभकामनाए दी, फिर बातों ही बातों में मेरा उनसे परिचय हो गया। उनमे से एक जो अच्छी खासी कद काठी का गोरा सा युवक था, उसका नाम शरद था और दूसरा जो गोरा तो लगभग उतना ही था पर कद काठी में कुछ कम था उसका नाम रवि था। तभी उन दोनों में से शरद ने मुझसे पूछा– मित्र तुम काम क्या करते हो, मैने उसे बताया "यहीं पास में एक सेठ जी की दुकान है, उसी में मजदूरी करता हूँ"। उसने मुझसे फिर पूछा और तुम्हारा परिवार कहाँ रहता है ? मित्र माँ तो बचपन में ही साथ छोड़ गई थी और अभी लगभग ढाई साल पहले ही पिताजी भी इस दुनिया से साथ छोड़ चले गए। अब बस एक अम्मा है, जिनके साथ मै यही पास ही एक झोपडी में रहता हूँ, उसकी बात का जवाब देते हुए मैंने कहा। मेरा जवाब सुन दोनों जैसे कुछ उदास हो गए। सांत्वना प्रकट करने के लिए रवि ने अपना हाथ मेरे कंधे पर रख दिया और बोला मित्र चिंता ना करो सब ठीक हो

जाएगा। मैंने उसकी बात सुन सहमति में अपना सर हिला दिया। कुछ देर तक उनसे यूँ ही वार्तालाप करने के बाद मै दुकान के लिए निकल पड़ा, पर जाते-जाते उनसे पूछता गया- मित्र कब तक हो आप लोग यहाँ इस शहर में। रवि बोला अभी तो दो तीन दिन हमारा इसी मैदान पर डेरा रहेगा। वहाँ से निकल कर मै कुछ ही देर में दुकान पहुँच गया। वहाँ पहुँचा तो देखा दुकान पर दो सज्जन सेठजी के साथ पहले से ही बैठे हुए थे। मुझे आते हुए देख सेठजी बोले, अरे वायु ज़रा जल्दी जाकर दुकान से दो चाय तो ले आ। मै उनकी चाय लेने पास ही दुकान पर जा पहुँचा। वहाँ चाय लेने की प्रतीक्षा में खड़ा था कि तभी दो युवको की बातों पर ध्यान चला गया। वे दोनो भी कल की नौटंकी-मंडली द्वारा किये गए कार्यक्रम में आये आनंद के विषय में ही बात कर रहे थे। उनकी बातें सुनकर पता चला कि मंडली द्वारा आज भी समीप के ही एक गाँव में कार्यक्रम रखा गया है। बस फिर आज भी कार्यक्रम में जाने का मैंने मन बना लिया था। इतने में ही चाय वाले ने चाय पकड़ा दी। चाय लेकर वापस दुकान पर गया और वहाँ बैठे दोनो अतिथियों को चाय दी और फिर जल्दी-जल्दी दुकान का सारा काम निपटाने में लग गया। शाम होते ही सेठजी से आज्ञा लेकर आज जल्दी ही घर पहुँच गया। घर पहुँच कर अम्मा के साथ भोजन कर सीधा उस गाँव के लिए निकल गया जहाँ कार्यक्रम होने वाला था। मै आज भी कल की ही भाँति समय से पहले पहुँच गया था। वहाँ शरद और रवि ने मुझे देखते ही पहचान लिया। उन्होंने मुझे पास बुलाकर मंडली के बाकी सदस्यो से मेरा परिचय करा दिया। आज फिर उनका कार्यक्रम कल की तरह ही, यहाँ पर भी उत्साह पूर्ण तरीके से सम्पन्न हुआ। मुझे आज फिर घर लौटने में काफी देर हो गई थी। जैसे ही घर के अंदर पहुँचा तो अम्मा

बरस पड़ी और बोली- जब तक तेरी ये मंडली यहाँ रहेगी तू ऐसे ही रात-रात तक आया करेगा क्या? मैंने मुस्कुराते हुए कहा- तो तुम भी साथ चला करो ना अम्मा। वो कुछ न बोली बस मुस्कुरा कर फिर सो गई। अगली सुबह जब मै फिर दुकान के लिए उसी रास्ते से होकर जा रहा था, तो आज पुनः मैदान के उसी स्थान पर रवि और शरद फिर खड़े मिले, जैसे दोनो मेरी ही प्रतीक्षा में खड़े हों। मेरे पहुँचते ही शरद बोल पड़े- वायु, हम तुम्हारा ही इंतजार कर रहे थे। वो दरसल हम यहाँ किसी को पहचानते नही हैं और ऊपर से ये शहर भी हमारा परिचित नही है। दरसल, हमे बाज़ार से कुछ सामान खरीदना है, तुम हमारी थोड़ी मदद करवा दोगे क्या ? बिल्कुल मित्र इसमें मदद कैसी, मै बाज़ार की ओर ही जा रहा हूँ, हम साथ ही चलते हैं, बस मुझे सेठजी को सूचित करना पड़ेगा की आज दुकान पर थोड़ी देर से आऊँगा।

बस फिर हम तीनो ही वहाँ से सीधे सेठजी के पास जा पहुँचे, वहाँ पहुँच कर सेठजी को बता कर हम तीनो बाज़ार में सामान खरीदने निकल पड़े। साथ घूम कर दोनो से मेरी मित्रता बढ़ती जा रही थी। सब खरीददारी हो जाने के बाद हम तीनो फिर मैदान की ओर वापस निकल पड़े। मैदान पहुँचे तो रवि ने पूछा- मित्र तुम दुकान पर काम कर कितना कुछ कमा लेते हो ? कुछ खास नही रवि बस रहना खाना हो जाता है। इतने में ही शरद बोल पड़ा वायु तुम हमारे साथ मंडली में शामिल क्यों नही हो जाते, इसमे कमाई भी अच्छी है और तुम्हे जगह-जगह घूमने को भी मिल जाया करेगा। तुम बोलो तो मै रवि के पिताजी से जो हमारी मंडली के प्रधान भी हैं उनसे तुम्हारे लिए बात करूँ ? इतने में रवि फिर बोल पड़ा, वायु तुम उसकी चिंता मत करो

पिताजी से मै बात कर लूँगा। बस पहले तुम अपना निर्णय ले लो और हो सके तो तुम कल शाम तक ही हमे अपना निर्णय बता देना क्योंकि परसो सुबह ही हम सब यहाँ से दूसरे शहर के लिए निकल जाएँगे। उनके इस तात्कालिक प्रस्ताव का मेरे पास कुछ उत्तर न था। अब अपने आगे के जीवन का कोई भी निर्णय लेने से पहले मुझे बहुत कुछ सोचना था क्योंकि अब मेरा हर निर्णय मेरे भविष्य का फैसला करने वाला था, इसीलिए मैंने उनसे कहा जरूर मित्र सोच कर कल शाम तक जरुर बता दूँगा। फिर उनसे विदा लेकर में दुकान की ओर निकल पड़ा, दुकान पहुँचा तो बहुत काम पड़ा था। इतना काम देख जल्दी-जल्दी काम निपटाने में लग गया। काम करते-करते बस यही विचार मन में आ रहा था कि क्या निर्णय लिया जाए। एक ओर यहाँ पर सब जमा जमाया काम है और दो वक़्त की रोटी की भी व्यवस्था आराम से हो ही रही है और दिक्कत कुछ है नहीं। तभी दूसरे ही पल एक और विचार आया कि क्या जीवन भर इसी मजदूरी में अपनी ज़िन्दगी बिताता रहूँगा, आखिर अपने इस जीवन में आगे कब बढूंगा, और इतना सोच ही रहा था कि तभी मुझे महात्मा जी द्वारा कही बातें याद हो आई। बेटा जीवन में हमे ही तय करना होता है, हमे आगे बढ़ते रहना है या एक ही जगह रुक कर बैठ जाना है। बस मानो महात्मा जी की इस बात ने दिमाग में आते ही निर्णय कर दिया हो।

शाम होते तक मैंने दुकान का सारा काम निपटा लिया। बस अब कोई दिक्कत थी तो अपने लिए हुए निर्णय से सबको अवगत कराने की। बस फिर बड़ी मुश्किल से साहस जुटा कर मै सीधा सेठजी के सामने जा पहुँचा। मुझे यूँ अपने सामने खड़ा देख सेठजी बोले- क्या बात है वायु, ऐसे क्यूँ

खड़े हो, कुछ कहना चाहते हो क्या ? उनके सामने मै कुछ देर चुप ही खड़ा रहा, फिर धीमी आवाज़ में नज़रे झुकाए हुए बोला, सेठजी मै अब आपके यहाँ काम करने में असमर्थ हूँ। मै अब नौटंकी मंडली में काम करना चाहता हूँ और वहाँ मुझे उसमे काम पाने के लिए परसो ही यहाँ से दूसरे शहर जाना पड़ेगा। सेठ जी एक बहुत ही सरल हृदय वाले सज्जन पुरष थे। वे मेरी हर बात समझा करते थे। मेरी ओर देख कर प्यार से बोले- वायु तुम्हारी जो मर्ज़ी हो वो करना, पर निर्णय बहुत सोच समझ कर ही लेना और रही बात मेरी दुकान पर काम करने की, तो यहाँ के दरवाज़े तुम्हारे लिए हमेशा के लिए खुले हुए हैं। सेठजी की बात सुन आज उनके लिए मेरे मन में सम्मान बहुत बढ़ गया था। मैंने उनके सामने अपने हाथ जोड़ लिए, तो उन्होंने तुरंत अपना हाथ मेरे सर पर रख आशीर्वाद दिया और दुकान से एक किताब निकाल मेरा हिसाब कर, मेरे बकाया पैसे भी मुझे दे दिये और बोले वायु जाने से पहले घर पर सबसे मिलकर ही जाना, नहीं तो मालकिन मुझ पर बहुत नाराज होंगी। उनका आशीर्वाद ले मै दुकान से सीधा सेठजी के घर जा पहुँचा। वहाँ मालकिन को सारी बातें बताकर उनसे आशीर्वाद ले अपने घर की ओर निकल पड़ा। जैसे ही घर के बाहर पहुँचा तो अम्मा की याद हो आई, उसका ख्याल मन में आते ही मानो साँसे फूलने लगी थी। घर के अंदर घुसने की इन पाँव की अब हिम्मत ना हो रही थी। सोच रहा था किस मुँह से अम्मा को यह सब बता पाऊँगा। क्या कहूँगा उस ममता की प्रतिमूर्ति से जिसने इस अनाथ को उसकी माँ का प्यार दिया था। क्या कहूँगा उससे यही कि अम्मा तेरा वायु अब अपनी आगे की जिंदगी तय करने जा रहा है। नहीं शायद मै अम्मा से कुछ भी कह नहीं पाऊँगा। ऐसे ही ना

जाने कितने ही अनेक विचारो के मन में आते ही मेरी आँखें भर आई। बड़ी मुश्किल से साहस कर धीरे-धीरे घर के अंदर पहुँचा तो देखा अम्मा भोजन बना रही थी।

मुझे देखते ही बोली अरे वायु तू कब आया? चल अब जल्दी आ, मै भोजन लगा देती हूँ। उसको देखते ही मै अपनी आँखों के आँसू छिपा बिना कुछ कहे घूम कर खड़ा हो गया और उससे कुछ भी कहने का मै साहस ना कर सका। फिर कुछ ही देर में अम्मा ने भोजन परोस दिया। हम दोनो साथ बैठकर भोजन करने लगे। भोजन करते-करते अम्मा बोली- क्या बात है रे वायु, तू आज बड़ा शांत-शांत सा लग रहा है ? कुछ देर तक तो मै अम्मा से कुछ ना कह सका, फिर मन को काबू कर मैंने अम्मा से बात शुरू कर दी, और कहा अम्मा मै सोच रहा हूँ कुछ दिनो के लिए कोई दूसरे शहर घूम आऊँ। वो बोली हा तो सेठजी से छुट्टी ले आ और जाकर घूम आ। फिर मै दोबारा उससे अपनी बात सम्हाल कर बोला, अम्मा सोच रहा हूँ अगर वहाँ पर यहाँ से कोई अच्छा काम मिल जाए तो वही रह कर करने लगूँगा। आखिर आगे के जीवन का भी सोचना पड़ेगा जैसा कि तुम बोला करती थी मुझसे। अम्मा मेरी बात सुन तुरंत बोली वाह रे वायु अचानक इतना समझदार कब से हो गया रे तू। अम्मा, मेरी माँ तो नही थी पर बच्चे उसके भी थे, और अब मै भी उसके बच्चे जैसा ही था, और माँ का दिल बच्चे की हर बात बिना बोले ही समझ जाता है। वो इतने में ही समझ गई थी कि आखिर मै कहना क्या चाहता था, बात को यहाँ वहाँ ना घुमा कर उसने मुझसे सीधे पूछ लिया, क्यों रे वायु कोई नया काम मिल गया है क्या तुझे ? उसके इस प्रश्न के बाद मुझसे रहा ना गया और मैंने उसे सब सच-सच बता दिया। वो बेचारी मेरी बात सुन बहुत खुश हुई और कहने

लगी बेटा वायु तू अपने जीवन में ऐसे ही आगे बढ़ते रहना। खूब मन लगाकर काम करना और कभी मौका मिल जाए तो पढ़ लिख कर अफसर बनना, पर जो भी बन जाना अपनी इस अम्मा को कभी मत भूलना। इतना कह अम्मा की उन बूढी आँखों से आँसू बहने लगे। उसकी बातें सुन मेरी भी आँख नम हो गई और मै सीधा उसके गले से लिपट फूट-फूट कर रोने लगा। थोड़ी देर बाद अम्मा मुझे शांत कराने में लग गई और कहने लगी वायु ऐसे बच्चो की तरह रोएगा तो फिर जीवन में आगे कैसे बढेगा बेटा। उसकी बातें सुन मै उससे कुछ कह ना सका पर मेरे मन में बहुत कुछ था जो मै उससे कहना चाहता था पर उसे कैसे समझाता कि एक अनाथ जिसको बड़ी मुश्किल से ममता की छाँव मिली थी वो भी अब उससे छीनने जा रही थी। मै अम्मा को इस उम्र मे साथ तो ले जा नहीं सकता था। आखिर उसका अपना जीवन और उसका परिवार भी था। उस बेचारी के अपने भी बेटे बहू थे, पर आज समझ आ रहा था कि माँ की ममता क्या होती है। अम्मा का वायु उससे दूर होने जा रहा था पर वो बेचारी उसकी खुशी के लिए उसका जीवन संवारने के लिए सब दुःख सहने को तैयार थी। अम्मा से उस रात बात करते-करते ना जाने कब नींद लग गई, कुछ पता ही नही चला।

अगले दिन सुबह जल्दी उठ कर तैयार हो सीधे मैदान की ओर निकाल पड़ा। जैसे ही पहुँचा तो वहाँ रवि खड़ा दिखा। मेरे पहुँचते ही बोला- अरे वायु आज सुबह-सुबह ही निकल पड़े। रवि आज काम पर नही तुम्हारे पास ही आया हूँ। वो भी तुम्हारी मंडली में शामिल होने। वो मेरी बात सुन तुरंत बोला ये तो बहुत खुशी की बात है, वायु ! और मैंने कल ही अपने पिताजी से तुम्हारे विषय में बात भी कर ली थी। उन्होंने तुम्हारे लिए हामी भर दी है। अब बस तुम

इस शहर में आज अपना सारा काम निपटा लो क्योंकि हम लोग कल सुबह ही यहाँ से दूसरे शहर के लिए रवाना होंगे। ठीक है रवि- कल सुबह तुम्हे फिर इसी स्थान पर मिलता हूँ, अपने सामान के साथ। इतना कह मै वहाँ से सीधा अम्मा के पास घर वापस आ गया। क्योंकि आज का पूरा दिन मै केवल अम्मा के साथ ही गुज़ारना चाहता था।

घर वापस आते ही मैने अम्मा से बोला- अम्मा आज तुम काम पर नहीं जाओगी ? वो बोली- क्यूँ रे ?

अम्मा ! कल मै यहाँ से चला जाऊँगा तो इसीलिए मै आज का पूरा दिन तुम्हारे साथ ही बिताना चाहता हूँ और अब तुम जल्द ही तैयार हो जाओ, हम दोनों साथ घूमने जा रहे हैं। मेरी बात सुन अम्मा तुरंत मान गई। थोड़ी ही देर में हम घूमने निकल गए। रास्ते में अम्मा बोली- वायु मै सोच रही हूँ क्यूँ ना चलकर नर्मदा में स्नान कर आएँ, कल तू यहाँ से चला जाएगा, तो फिर न जाने कब और किसके साथ जा पाऊँगी। अम्मा की बात मान हम वहाँ से सीधा नदी की ओर निकल पड़े, वहाँ पहुँच कर स्नान कर पूजा-पाठ की, फिर भोजन कर वापस शहर लौट आए। शहर पहुँचते ही मै अम्मा को लेकर कपड़ो की दुकान पर जा पहुँचा। वहाँ अपनी बची हुई कमाई से अम्मा को दो नई साड़ी खरीद कर दी, शाम होते तक हम दोनों घर पर वापस आ चुके थे। घर आते ही मैंने सबसे पहले अपना सारा सामान बांध लिया क्योंकि अगले ही दिन सुबह मुझे जल्दी ही निकलना था। आज अम्मा को देख ऐसा लग रहा था, मानो कल मै एक बार फिर अनाथ होने जा रहा था। कल मै फिर एक बार किसी अपने से दूर जाने वाला था। मन उदास था, जी कर रहा था अम्मा को आज जी भरकर देखता ही रहूँ। मै आज जी भर अम्मा से लिपट कर रोना चाहता था पर उसे इस

उम्र में अपने अलगाव का और दुःख नहीं देना चाहता था इसीलिए मै बस मन ही मन रोता रहा। रात हो चुकी थी और अम्मा सो गई थी पर न जाने क्यूँ मेरी आँखों में नींद ना थी। मन में विचारो का बवंडर उमड़ रहा था। एक ख्याल जाता तो तुरंत ही दूसरा आ जाता और यही सब सोचते-सोचते पता ही ना चला कब सुबह हो गई।

रोज़ की तरह आज एक बार फिर सूरज अपनी लालिमा बिखेरते हुए असमान में दमक रहा था। आज फिर वो अपनी रोशनी बादलो को चीरते हुए चारों ओर फैला चुका था, और आज मै भी अपने आगे की जिंदगी का मुकाम पाने के लिए निकलने को तैयार हो चुका था। कुछ ही देर बाद घर को छोड़ने का वो वक़्त भी आ गया, जिस घडी को सोच कर कल रात से मुझे नींद ना लगी थी। तभी अम्मा बोली- वायु मैंने तेरे रास्ते के लिए खाना बना कर बांध दिया है, याद से समय पर खा लेना। मैंने उसकी बात का कुछ जवाब ना दिया बस उसे देख सर हिला दिया। फिर मै उसके पास पहुँच उससे विदा लेने के लिए उसके पाव पड़ने झुका और बोला अच्छा अम्मा अब मै चलता हूँ। मेरा उससे आँख मिलाने का आज जरा भी साहस ना हुआ। मुझे डर था कहीं वो मेरी भीगी आँखें देख रोने ना लगे। मुझे ये भी डर था कि कहीं पर्वत सा बुलंद दिखने वाला उसका वायु आज अपनी अम्मा को कहीं से भी कमजोर ना लगे। मुझे ये भी डर था कि कहीं वो मेरा दुःख समझ जाती तो अपनी आगे की जिंदगी कैसे काट पाती इसीलिए उससे बिना कुछ कहे मैंने सीधा उसे गले लगा लिया और बोला- अम्मा तेरा ये वायु एक दिन कुछ अच्छा बन जरुर तेरे पास वापस आएगा। अम्मा रोते हुए बोली जल्दी आना बेटा तेरी बहुत याद आएगी। बस फिर उससे विदा ले मैं घर से सीधा बाहर

निकल गया, एक बार फिर उसे मुड़कर देखने का मुझमे साहस ना था, इसीलिए मै बस चलता ही जा रहा था।

चलते-चलते थोड़ी ही देर में मैदान आ गया। वहाँ पहुँचा तो लगा जैसे सब मेरे ही आने की प्रतीक्षा में खड़े थे। जैसे ही पहुँचा रवि ने मेरे हाथ से सामान लेकर एक बैलगाड़ी में रख दिया और फिर खुद भी उसी में बैठ गया, और फिर उसने मुझे शरद के साथ दूसरी गाड़ी में बैठने को कहा। अब सभी वहाँ से चलने को तैयार थे, जैसे ही मण्डली के प्रधान की गाड़ी आगे बढ़ी सभी उनके पीछे-पीछे चल पड़े। जैसे ही शहर निकला मेरा मन फिर ख्यालों से घिर आया, कि ना जाने मुझे कहाँ ले जाएगी ये मेरी जिंदगी। कहाँ से कहाँ तक आ गया हूँ और न जाने अभी कहाँ तक का सफ़र और तय करना बाकी है। मन भावनाओं से भर गया आँखें भीग आई थी, इतने में शरद बोल उठा- वायु... क्या हुआ ? शायद उसने मेरी भीगी हुई आँखें देख ली थी। मैंने तुरंत उसे मुस्कुराते हुए जवाब दिया- कुछ नहीं मित्र। वो मुझसे फिर बोला- उदास मत हो वायु, समय के साथ सब ठीक हो जाता है। सही कहा शरद और शायद इस बात का एहसास मुझसे ज्यादा किसी को नहीं होगा। फिर हमारी बातें बस यूँ ही चलती रही और ये समय निकलता रहा, गाड़ी का पहिया निरंतर ही घूमता रहा और हम लगातार आगे बढ़ते रहे।

३

रात होते तक हम शहर से लगभग तीस कि.मी. की दूरी तय कर चुके थे और कुछ ही देर में नर्मदा नदी के तट पर एक बड़े कस्बे में जा पहुँचे, हाँ वहाँ पहुँच कर हमारी मण्डली के प्रधान ने कहा कि आज रात हम सभी यहाँ रुकेंगे और कल रात का कार्यक्रम भी यहीं पर करेंगे। फिर सभी अपना-अपना सामान गाडियों से उतारने में लग गए, सामान उतार कर कुछ लोग तम्बू गाड़ने में लग गए, तो दूसरी ओर मै, रवि और शरद बैलो को बांधने और उनके चारे की व्यवस्था करने में जुट गए।

थोड़ी ही देर बाद सभी भोजन करने एकत्रित हुए। भोजन करते-करते मण्डली के प्रधान ने मुझसे कहा- वायु....,

मैंने कहा- जी प्रधान जी,

फिर उन्होंने जो कहा जैसे वो सुन मेरा नौटंकी में काम करने का सारा भूत उतर गया।

उन्होंने कहा कि वायु कल से तुम्हे भी रवि और शरद के साथ ही नौटंकी में महिला का भेष बनकर नाचना है। यह सुन मै तुरंत घबरा गया, और सोचने लगा कि कहाँ आकर फंस गया, इससे अच्छा तो मै सेठजी की दुकान पर ही था। पर अब इस काम को करने के अलावा मेरे पास कोई और चारा ना था। भोजन समाप्त कर हम सभी टहलने निकल पड़े।

चलते-चलते मैंने रवि और शरद से कहा- "मित्र आज तक इससे पहले मैंने नौटंकी में कभी काम नहीं किया और

अब कल पहली ही बार पूरे गाँव के सामने महिला बनकर कैसे नाच पाऊँगा"?

तभी शरद बोला.... वायु ऐसा नहीं है, पहले दिन मै भी यही सोच रहा था, कि कैसे कर पाऊँगा पर फिर मैंने सोचा कि जब मै दर्शको में किसी को जानता ही नही, तो फिर घबराहट किस बात की और फिर मेरे विचार से जिस काम से आपकी रोज़ी रोटी चले उसे करने में कैसी शर्म। उसकी बातें कुछ जानी पहचानी थी। कुछ मेरे जैसी और कुछ ऐसी जो मुझे और सीख देने वाली थी। कुछ समय बात करने के बाद हम सभी वापस आकर अपनी-अपनी जगह सो गए।

अगले दिन सुबह होते ही सभी कार्यक्रम की तैयारी में लग गए। सुबह से ही रवि और शरद मुझे नृत्य का निरंतर अभ्यास करवा रहे थे। जैसे-जैसे शाम होते जा रही थी भीड़ भी बढ़ती ही जा रही थी। उस बढती हुई भीड़ के साथ मेरे मन की घबराहट भी बढ़ रही थी। जब अच्छी खासी भीड़ इकट्ठी हो गई तो नौटंकी का कार्यक्रम चालू हो गया। मै भी महिला का भेष बना साड़ी पहन कर रवि और शरद के साथ नाचने लगा। मै लगातार नाच तो रहा था, पर क्या पता क्यूँ जैसे मेरा मन ये सब करने की गवाही ना दे रहा था। कहीं ना कहीं मेरा मन खुश ना था। नौटंकी के कार्यक्रम के बाद जब रात को सब भोजन कर रहे थे, तभी रवि के पिताजी मतलब हमारी मंडली के प्रधान मुझसे बोले.... वायु तुमने आज बहुत ही अच्छा काम किया। मैंने उनकी बात का उन्हें मुस्कुराते हुए धन्यवाद कहा और फिर भोजन करने लगा। भोजन कर सभी सोने चले गए पर आज ना जाने क्यों फिर एक बार मुझे नींद नही आ रही थी। मै सोचने पर मजबूर था कि कहीं नौटंकी में आने का मेरा फैसला गलत तो नहीं है, कुछ नया सोचने का मन कर रहा

था, क्योंकि इस तरह महिलाओं के भेष में नाचना मुझे रास ना आ रहा था।

तभी दिमाग में एक तरकीब सूझी और सूझते ही सोचा रवि और शरद से अभी ही बात करूँ, पर जब बात करनी चाही तो देखा वो दोनों सो चुके थे।अब बस मुझे सुबह उनके उठने का ही इंतज़ार था।

सुबह होते ही उस गाँव से जाने की तैयारी होने लगी। सब जल्दी-जल्दी काम निपटाने में लगे हुए थे। थोड़ी ही देर बाद गाड़ियों में सामान लाद सभी आगे बढ़ गए, पर इस बार मैं गाड़ी में रवि के साथ था, क्योंकि मुझे उससे अकेले में कुछ बात जो करनी थी। थोड़े आगे निकले ही थे और मैंने रवि से कहा- मित्र! एक अच्छी तरकीब सूझी है, बोलो तो बताऊं तुम्हे। वो बोला बिल्कुल, मैंने कहा- मित्र नौटंकी में दो लोग महिला बन कर नाचे या तीन इससे आमदनी में तो कोई फर्क नही पड़ने वाला, जितनी होनी होगी उतनी तो होगी ही। इतने में रवि बोला- मतलब लगता है तुम्हे रास नही आ रहा ये काम वायु। उसकी बात बीच में ही काटते हुए मै बोला- ऐसा नही है मित्र, पर मै सोच रहा था कि नौटंकी का कार्यक्रम शुरू होने के लगभग एक घण्टे पहले से ही भीड़ आने लगती है और दर्शको का जमावड़ा लग जाता है, जो नौटंकी खत्म होने तक लगा ही रहता है, तो क्यों ना मै वहाँ चाय की दुकान लगा लूँ, इससे हमारी आमदनी भी बढ़ जाएगी और लोगों को कार्यक्रम का इंतजार करने में भी आसानी होगी। मेरी बातें ध्यान से सुन रवि बोला वायु तरकीब तो अच्छी है, पर इसके लिए मुझे पहले पिताजी से बात करनी पड़ेगी। रात होते ही फिर एक बड़े कस्बे में हमारा डेरा डाला गया। मै भोजन कर टहलने निकला ही

था कि उतने में ही रवि दौड़ता हुआ सीधा मेरे पास आया और बोला.... वायु मैंने पिताजी से बात कर ली है और उन्हें तुम्हारी योजना बहुत पसंद आई है और उन्होंने यह भी कहा है कि तुम्हे कल से ही यह काम करना है। यह सुनते ही मै बहुत खुश हुआ मानो जिस काम को करने का मन ना था, मुझे उससे आज़ादी मिल गई थी। कल से मुझे अपना ही काम चालू करना था।

अगले दिन सुबह होते ही मै प्रधानजी से पैसे लेकर सामान लेने बाज़ार निकल गया, वापस आकर मैदान में एक अच्छी सी जगह देख अपनी दुकान जमाने की व्यवस्था करने में लग गया। शाम होते-होते तक दर्शको का आना शुरू हो गया, थोड़ी ही देर बाद जैसे ही थोड़ी भीड़ इकट्ठी हुई, मैंने चाय.... चाय.... की आवाज़ लगाना शुरू कर दी। थोड़ी देर तक तो एक व्यक्ति भी नही आया, पर जब लोगों को खड़े-खड़े समय ज्यादा हो गया तो अचानक ही दुकान पर जैसे भीड़ ही लग गई और धीरे-धीरे वो भीड़ बढ़ते ही जा रही थी। तभी मै वहाँ दौड़ता हुआ सीधे प्रधान के पास पहुँचा और बोला प्रधान जी भीड़ बहुत हो गई है, आप बस कुछ देर और नौटंकी का कार्यक्रम शुरू होने से रोक कर रखियेगा। वे बोले ठीक है वायु...।

मै फिर वहाँ से भागकर वापस आते ही चाय बेचने में लग गया। मेरे कहे अनुसार लगभग आधे घण्टे की देरी से नौटंकी का कार्यक्रम चालू हुआ। कार्यक्रम चालू होते ही लोग उसे देखने में व्यस्त हो गए, देखते ही देखते मेरी चाय की दुकान भी खाली हो गई। मैंने भी कार्यक्रम चालू होने के कुछ ही देर बाद दुकान बंद कर दी। फिर रात को जब प्रधान नौटंकी के बाद पैसो का हिसाब कर रहे थे तो उनके

होश ठिकाने ना थे, जितनी कमाई उनको नौटंकी से हुई थी, उससे बस कुछ ही कम मेरी चाय की दुकान से हो गई थी। वे बहुत खुश थे और मुझे तुरंत बुलाकर बोले वायु बेटा मान गए तुम्हारी तरकीब, अब तुम्हे हर कार्यक्रम में यही काम करना है। धीरे-धीरे वक़्त गुज़रता गया और कमाई बढ़ती गई।

कुछ दिनों बाद मैंने प्रधान जी से बोल कर उनके छोटे लड़के, मतलब रवि के छोटे भाई सुशील को भी अपनी चाय की दुकान के बाजू में पान की दुकान लगाने को कहा। मेरी तरकीब एक बार फिर सफल हो गई थी, हमारी कमाई इस काम से और बढ़ गई थी। प्रधान अब मुझसे बहुत खुश रहते थे और हमेशा रवि और शरद को मुझसे कुछ सीखने को कहा करते थे।

अगले दिन हमारी मंडली का पड़ाव एक बहुत बड़े शहर जबलपुर में था। वहाँ पहुँच कर पता चला कि वहाँ एक मेला लगा हुआ है। प्रधान के वहाँ की समिति से बात करने के बाद हमे वहाँ नौटंकी करने की इजाज़त तो मिल गई, पर दुकान लगाने की मनाही हो गई थी, इसीलिए अगले दिन मेरे पास करने को कुछ काम ना था। मेले में घूमते-घूमते किसी ने बताया कि पास ही एक सिनेमा है, चाहो तो देख कर आ सकते हो। वहाँ अच्छा सिनेमा दिखाया जाता है, पैसे तो मेरे पास अच्छे खासे हो ही गए थे, सोचा आज थोड़ा घूम कर ही आ जाऊं। थोड़ी देर बाद ढूंढते-ढूंढते जैसे तैसे सिनेमा पहुँच गया। वहाँ पहुँचा तो सिनेमा के गेट पर बाहर एक उम्रदराज चौकीदार हाथ में डंडा लिए खड़ा हुआ था। मै अंदर जाने लगा तो उसने मुझे रोकते हुआ कहा-कहाँ जा रहे हो लड़के, उसकी बात सुन मै बोला दादा

सिनेमा देखने आया हूँ, इसीलिए अंदर जा रहा हूँ। वो फिर बोला तुम्हे दिखाई नहीं देता क्या, यहाँ पर काम लगा हुआ है, इसीलिए सिनेमा दो दिन तक बंद रहेगा। मैंने उससे फिर कहा- अरे दादा मेरी तो किस्मत ही खराब है, दो दिन में तो हम यहाँ से चले ही जाएंगे। दादा उम्र में बुजुर्ग थे, मेरी बात सुन इस बार प्यार से पूछे- बेटा तुम कहीं बाहर से आए हो क्या ? तो मैंने उन्हें बताया कि मै नौटंकी मण्डली में काम करता हूँ और हमारी मण्डली के कार्यक्रम अभी इसी शहर में चल रहे हैं। दादा ने मुझसे दोबारा पूछा- वैसे बेटा तुम हो कहाँ के ? मैंने उन्हें अपने गाँव का नाम बताया और बोला साथ में काम कर रहे बाकि लोगों का मुझे पता नही है। मेरे गाँव का नाम सुनते ही दादा खुश हो उठे और बोले बेटा मै भी वही पास के ही गाँव का हूँ, पर मै सालों से यहीं पर नौकरी कर रहा हूँ और काम के चलते कम ही जा पाता हूँ। फिर दादा ने मुझे मेरे परिवार के बार में पूछा कि बेटा तुम्हारे परिवार में कौन-कौन है ? जैसे ही मैंने उन्हें मेरे पिताजी का नाम बताया वो तुरंत ही बोल पड़े ...बेटा मुझे आज विश्वास नहीं हो रहा, तुम आज यहाँ इस स्थिति में खड़े हो। शायद पिताजी के बारे में उन्हें सब पहले से ही पता था। वो फिर बोले बेटा मै लगभग एक साल पहले ही गाँव गया था तो वहाँ सुना था तुम्हारे पिताजी अब इस दुनिया में नहीं रहे पर तब मैंने कभी सोचा ना था कि आज उनका बेटा इस तरह दर-दर की ठोकरे खा रहा होगा। इतना कह वो दादा रूहासे हो गए। मैंने बात संभालते हुए कहा- दादा ! आप उदास मत हो भाग्य में जो होना था वो तो होगा ही। वो फिर बोले बेटा पर तुम कब तक यूहीं घूम-घूम कर अपना जीवन यूँही काटते रहोगे, ऐसे में ना तो तुम कभी अपनी पढ़ाई पूरी कर पाओगे और ना ही कभी कुछ

अच्छा बन पाओगे, बस बंजारों की तरह यहाँ से वहाँ भटकते ही रह जाओगे। आप सही कह रहे हैं और मै भी ऐसे ही बंजारों की तरह ज़िन्दगी नही काटना चाहता पर अभी मेरे पास इसके सिवा कोई चारा नही है। वो तुरंत बोले बेटा तुम अपना निर्णय ले लो तुम्हे करना क्या है और बात रही तुम्हारी नौकरी लगवाने की तो वो तुम मुझ पर छोड़ दो, जब भी तुम मेरे पास आओगे मै उसकी व्यवस्था कर दूँगा, तुम चाहो तो कल से ही आ जाना। अभी इस वक़्त मै उनसे कुछ ना बोल सका बस इतना कह कर वापस आ गया कि जल्द ही आऊँगा आपके पास। वहाँ से निकला तो दादा की कही हुई बातें सोचने लगा। उनकी बातों में मुझे सार दिखाई पड़ता था कि आखिर कब तक मै यूँही घूम-घूम कर अपनी ज़िन्दगी काटता रहूँगा, आखिर मुझमे भी कुछ अच्छा बनने की चाहत थी। आज फिर एक बार मै कुछ सोच कर मेले की ओर बढ़ गया। मैं जब पहुँचा तो नौटंकी का कार्यक्रम खत्म हो चुका था। आते हुए मुझे देखते ही प्रधान बोले- अरे वायु ! आज कहाँ चले गए थे तुम, आज का दिन बहुत ही अच्छा रहा, आमदनी भी बहुत हुई। मैंने मुस्कुरा कर जवाब दिया- यह तो बहुत ही अच्छी बात है प्रधान जी, पर वो जैसे कुछ समझ रहे थे, बोले- वायु क्या बात है, आज तुम कुछ खुश नजर नहीं आ रहे। उनके इतना पूछते ही मैंने उन्हें सारी बातें बता दी जो मेरे मन मैं घूम रही थी। प्रधान मेरी सभी बातें बहुत गंभीरता से सुन रहे थे, जैसे ही मैंने बोलना बंद किया, वे बोले- वायु, जैसा तुम चाहो वैसा करो, तुम अपनी पढ़ाई पूरी करना चाहते हो ये तो बहुत ही अच्छी बात है बेटा, हम तो कभी पढ़ ना सके और ना ही कभी अपने बच्चो को पढ़ा पाए, पर बेटा अगर तुम ही पढ़ लिख के कुछ बन जाओगे तो हम सब को बहुत खुशी होगी।

उनसे बात खत्म कर मै सीधा रवि और शरद के पास पहुँचा, जैसे ही उनके पास पहुँचा तो देखा वे दोनों अपनी ही बातों में लगे हुए थे।

मुझे खड़े हुए देखते ही रवि बोला- वायु कहाँ थे ? आज दिन भर से, हम सुबह से ही तुझे ढूँढ रहे थे।

कुछ नहीं रवि, बस यहीं पास में ही सिनेमा देखने चला गया था।

सिनेमा का नाम सुनते ही दोनों उत्सुक होते हुए बोल पड़े,- क्या वायु, तुम अकेले ही देख आये, कार्यक्रम के बाद चलते तो हम भी देख आते। नहीं मित्र देख कर नही आया हूँ, वो बंद था। इतने में ही रवि मेरी ओर देखते हुए बोला क्या बात है वायु आज तू बहुत गंभीर दिख रहा है ? मैंने उसकी बात का कुछ जवाब नहीं दिया बस इधर-उधर देखने लगा। दोनों इस बार फिर साथ बोले- क्या हुआ वायु, बोल ना ? कुछ देर रुक मै बोला- मित्र अब मै तुम लोगो के साथ आगे का सफ़र नही तय कर पाऊँगा। दोनो मेरी बातें सुन स्तब्ध थे। उन्हें कुछ समझ नही आ रहा था कि आखिर मै ऐसा क्यूँ बोल रहा था। दोनो लगभग साथ ही बोल पड़े- क्या हुआ वायु, ऐसा क्या हुआ जो तू हमारा साथ छोड़ने की बात कर रहा है।

उनकी बात सुन मैंने कहा- ऐसा नहीं है मित्र कि मै तुम्हारा साथ छोड़ना चाहता हूँ, और फिर तुमको छोड़ कर मै जाऊँगा कहा, कुछ ही लोग तो हैं मेरे इस जीवन में जिनसे मेरा परिवार है, पर रवि और शरद सच कहूँ तो अब मै पढ़ना चाहता हूँ और अपने जीवन में कुछ अच्छा करना चाहता हूँ बस इसीलिए अब आगे साथ चलना मुश्किल होगा मित्र।

जैसे दोनो मेरी बात पल भर में ही समझ गए थे, पर दुख के भाव दोनों के चहरे पर अलग ही नज़र आ रहे थे। उन दोनों से बिछड़ने का दुख तो मुझे भी बहुत था।

कुछ देर पहले तक जिनके साथ मुझे ऐसा लगता था कि मानो जीवन भर साथ चलना है, अब कल सुबह होते ही हम सबका साथ छूटने वाला था। अब उन दोनो का चेहरा देख मुझे खुद को संभालना मुश्किल होता जा रहा था और देखते ही देखते मै उनके गले लग गया। मेरे गले लगते ही दोनो रोने लगे और बोले वायु तेरी बहुत याद आएगी मित्र, वादा कर कि तू हम से आकर मिलता रहेगा। मैंने कहा वादा करता हूँ मित्र, जरूर मिलूंगा। हम तीनो को इस तरह रोते देख तभी वहाँ रवि का छोटा भाई सुशील आ पहुँचा और रवि से पूछने लगा- क्या हुआ भैया आप रो क्यूँ रहे हैं ? रवि ने उसे मुस्कुराते हुए जवाब दिया- कुछ नहीं सुशील अब वायु भैया कल से हमारे साथ नहीं चलेंगे, पिताजी ने कहा है कि अब उन्हें यहीं रहकर पढाई करना है। इतना सुनते ही वो बेचारा दस वर्ष का लड़का मुझसे आकर लिपट गया और सिसकियाँ भरने लगा। सच में कितना अभागा था मै, जैसे अपनों का साथ तो मेरे इस जीवन में ज्यादा वक़्त के लिये लिखा ही ना था। रात का अँधेरा हो चुका था और चाँद भी अपनी रोशनी चारो ओर बिखेर चुका था, सबके चेहरे मायूस थे पर कोई किसी से कुछ कह नहीं रहा था। रवि और शरद तो बस मुझे ही देखे जा रहे थे, जैसे उन्हें शायद अब भी विश्वास नहीं था मेरी इन बातों पर। फिर कुछ ही देर बाद हम सभी सोने चले गये, लेकिन पूरी रात बातों में कब गुज़र गयी कुछ पता ही नही चला। इन दोस्तों के साथ मेरे जीवन का एक–डेढ़ साल कैसे हँसी-खुशी बीत गया कुछ पता ही नही चला। ऐसा लगता है, मानो कल ही की बात

हो जब मै इन दोनों से मिला था। शायद एक बात किसी ने सच ही कही थी, कि जहाँ अपनों का प्यार और साथ होता है वहाँ वक़्त का कुछ पता ही नहीं चलता। अगले दिन सुबह होते ही प्रधान टोली के साथ निकलने की तैयारी करने लगे, जब उनके निकलने का समय आया तो मै प्रधान से विदा लेने सीधा उनके पास़ जा पहुँचा। मेरे सामने पहुँचते ही उन्होंने मुझे गले से लगा लिया और फिर कुछ पैसे मेरी जेब में रख दिए। उनसे मिले हुए पैसे मेरे किए गए काम से काफी अधिक थे पर मैं उन्हें वापस ना कर सका, क्योंकि मुझे डर था कि कहीं मेरा यह रवैया उन्हे दुखी न कर दे। कुछ ही देर में रवि और शरद भी मेरे पास आकर गले से लिपट गए और बस एक ही बात दोहराने लगे "वादा कर वायु तू हमसे आकर मिलता रहेगा", वादा करता हूँ दोस्तों।

रवि ने एक बार फिर कहा- तेरी बहुत याद आयेगी वायु और देखना ये मेरा विश्वास है एक दिन तू जरुर कुछ अच्छा बनेगा। आज फिर एक बार सबकी आँखें नम थी, कुछ ही समय बाद वे सभी अपने अगले मुकाम की ओर निकल चुके थे। मै उन सभी को जाते हुए अपनी आँखों से ओझल होते तक देखते रहना चाहता था, क्योंकि मुझे पता नही था कि अब अपने इस परिवार से ना जाने ज़िन्दगी के किस मोड़ पर मुलाक़ात होगी।

४

जैसे ही वे सभी आँखों से ओझल हुए, मै अपना सामान उठा दादा से मिलने के लिए सिनेमा की ओर निकल पड़ा। आज मेरा मन फिर भावनाओं से भरा हुआ था, आज एक बार फिर मैंने अपना परिवार खोया था, अम्मा से तो जब चाहूँ जाकर मिल सकता था, पर ये दोस्त जिनके साथ घूमते-घूमते पूरा देढ़ साल निकल गया था, ना जाने इनसे अब कब मुलाकात हो पाएगी। ना जाने कब सोचते-सोचते थोड़ी ही देर में सिनेमा के सामने जा पहुँचा, देखा तो दादा दरवाजे पर ही खड़े हुए थे। मुझे देखते ही पहचान गए और बोले.... अरे बेटा तो तुम आ गए।

जी दादा पर अब आप कुछ काम का प्रबंध करवा दें तो अच्छा रहेगा।

वे बोले बेटा मुझे तुम्हे यहाँ देख बहुत खुशी हुई और जहाँ तक काम की बात रही तो तुम उसकी चिंता मत करो, वो मैंने कल तुम्हारे जाते ही अपने सेठ जी से बात कर ली थी, क्योंकि मुझे कहीं न कहीं विश्वास था कि तुम जरुर वापस आओगे। दादा ने आगे बताया, कि यहाँ सिनेमा में ही एक जगह खाली है, तो वे तुम्हे यही काम पर रख लेंगे।

इतना सुनते ही मैं दादा के सामने हाथ जोड़ कर बोला- आपका धन्यवाद कैसे कर पाऊँगा मै।

वे बोले- बेटा ! अब बस तुम खूब काम करो और अपनी पढ़ाई पूरी करो, और हाँ एक बात बताना भूल गया, तुम्हारे रहने की व्यवस्था भी यहीं है। पीछे एक कमरा खाली पड़ा

है वहाँ जाकर अपना सामान रख लो, तुम्हे अब वहीं रहना है, इतना सुन मैंने एक बार फिर उनका धन्यवाद किया।

मैंने कमरे में पहुँचते ही अपना सारा सामान जमा लिया और तैयार होकर भोजन करने निकल गया।

भोजन करके जैसे ही लौटा तो दादा ने आवाज़ दी, उनके पास पहुँचा तो वहाँ उन्होंने एक तीस पैतीस साल के युवक से मेरा परिचय करवाया, उनका नाम संतोष था। वे इस सिनेमा के मैनेजर थे।

दादा ने कहा- अब तुम्हे इन्ही के बताए अनुसार काम करना है। मैंने उन्हें देखकर नमस्ते किया, जवाब में उन्होंने भी मुझे देख अपना सर हिला दिया। शुरुआती दौर में उन्होंने मुझे सिनेमा में आने वाले लोगों की टिकट देखने और बैठाने का काम दिया था। कुछ ही दिनो बाद, देखते ही देखते मेरे संतोष भैया से दोस्ताना सम्बन्ध हो गये थे। सिनेमा में नौकरी करने का एक फायदा तो जरुर था। कुछ हो चाहे ना हो पर समय आराम से कट जाया करता था। क्योंकि उस वक़्त मुश्किल से एक या दो फिल्मे ही आया करती थी और ऊपर से वो ही महीनो-महीनो तक चला करती थी और अक्सर तो सिनेमा ही बंद रहा करती थी। इन कारणों से मेरी नौकरी भी आराम से चल रही थी और समय भी पर्याप्त मिल रहा था, अब मेरे लिए कुछ करना बाकि था तो इस मिले हुए समय का सही ढंग से उपयोग करना था।

मेरी ज़िन्दगी की गाड़ी एक बार फिर अपनी पटरी पर तेज़ी से दौड़ रही थी और धीरे-धीरे एक कहावत के प्रति मेरा विश्वास और गहराता जा रहा था कि "दुनिया में जिसका कोई नही होता उसके साथ स्वयं भगवान होते हैं",

क्योंकि जिस तरह मेरी जिंदगी आगे बढ़ रही थी उसे देख मानो ऐसा ही लग रहा था, कि स्वयं भगवन ही किसी न किसी रूप में मेरी मदद करते जा रहे थे। नही तो आज एक अनाथ लड़का स्टेशन में जूते पॉलिश के काम से लेकर यहाँ तक नौकरी कैसे कर पाता।

कुछ पता ही नहीं चला कब यहाँ नौकरी करते-करते मुझे तीन-चार माह बीत गए, फिर एक दिन संतोष भैया की मदद से मै पास ही के एक विद्यालय में जाकर अपना नाम भी लिखवा आया। विद्यालय के प्राचार्य अच्छे थे मेरी समस्या सुनते ही उन्होंने मुझे पूरी सहायता देने का आश्वासन दिया। कुछ ही दिनों बाद बाज़ार से अपनी किताब ला मैंने पढ़ाई भी शुरू कर दी, विद्यालय में अक्सर कम ही जाया करता था क्योंकि कक्षा में पढ़ रहे सभी विद्यार्थियों से मै उम्र में काफी बड़ा था, इस वजह से वहाँ के प्राचार्य से बात कर मुझे विद्यालय आने में छूट मिल रखी थी। और जब कभी भी मुझे नौकरी से समय मिला करता था तो अक्सर मै पढ़ने बैठ जाता था।

नौकरी और पढाई करने में ज़िन्दगी यूँ ही चली जा रही थी और मुझे पता ही नही चला कि कब मै इन सात वर्षो में मैट्रिक पास हो गया। नौकरी करते-करते एक बात बहुत अच्छी हुई, अक्सर सेठ जी मुझे उनके निजी काम करने के लिए बुला लिया करते थे, जिससे मै उनके साथ रहकर उनकी गाड़ी चलाना भी सीख गया था, और फिर जब कभी उनका ड्राइवर नही आया करता था तो वे मुझे ही बुला लेते थे। धीरे-धीरे उनका विश्वसनीय व्यक्ति होने के कारण मुझे काम भी कम से कम ही करना पड़ता था, जिससे मेरी पढ़ाई को ज्यादा से ज्यादा समय मिल जाया करता था।

गर्मी के दिन चल रहे थे। मेट्रिक परिक्षा का परिणाम भी आ चुका था और मै उसमें प्रथम श्रेणी में उत्तीर्ण भी हो चुका था। तभी एक दिन मै सिनेमा देखने वालो की गेट पर खड़ा हो टिकटो का निरिक्षण कर रहा था कि उतने में ही मुझे मेरे विद्यालय के कुछ मित्र दिखे, वे सब उम्र में मुझसे काफी छोटे थे। मेरी पढ़ाई बीच में ही छूट जाने के कारण मै उम्र में अपनी कक्षा में सबसे बड़ा था। वे सब मुझे देखते ही पहचान गए और नजदीक आते ही बोले- अरे वायु भैया ! आप यहाँ काम करते हैं। हाँ ! बताया तो था तुम लोगों को मै सिनेमाघर में काम करता हूँ, मैंने उनसे मुस्कुराते हुए कहा। अभी सिनेमा चालू होने में काफी समय शेष था, फिर उनके साथ हमारी विद्यालय की बातें चल पड़ी। तभी उनमे से एक ने कहा.. वायु भैया आपको पता है क्या, फौज में भर्ती निकली है और उसकी परीक्षा भी इसी शहर से होने वाली है, हम सभी उसमे भाग लेने जा रहे हैं, आप चाहो तो आप भी हमारे साथ भाग लेने चलना।

मैंने कहा- ठीक है, जरुर चलूँगा। फिर मैंने उन लोगो से परीक्षा का दिन और समय पूछ एक पर्ची पर लिख लिया। मेरी उम्र तेइस पार हो चुकी थी और ऊपर से फौज में नौकरी को लेकर मन उत्साह से भर गया। रात को अपने कमरे में पहुँचते ही मैंने वो पर्ची एक दीवार पर चिपका दी और अगले दिन से सुबह उठते ही पास के मैदान में दौड़ने और लंबी कूद का अभ्यास करने लगा। बचपन से मजदूरी करने के कारण शरीर में फुर्ती बहुत थी और इसका फायदा मुझे मैदान पर दिख भी रहा था। तैयारी करते-करते समय तेज़ी से बीत रहा था। अब फौज में नौकरी को लेकर जैसे एक जूनून सा स्वर हो गया था। देश की आजादी के लिए मेरे पिताजी ने योगदान दिया था, अब मैं भी अपने जीवन

में उनकी तरह ही देश के लिए कुछ करना चाहता था। जब से इस भर्ती के बारे में सुना था, दिल और दिमाग बस उसी में लगे हुए थे। मेरी तैयारी भी ज़ोरों पर थी, मै किसी भी स्तर पर कोई कमी नहीं छोडना चाहता था। अब मुझे काम से जब भी समय मिला करता था, मै सीधा मैदान की ओर ही दौड़ पड़ता था। क्या दिन और क्या रात, अभी मैंने अपने जीवन का बस एक ही लक्ष्य बना रखा था। मैदान पर दौड़-दौड़ कर मेरे पैरो में छाले पड़ चुके थे पर उन्हें देख कर अब मुझे जरा भी तकलीफ नहीं हुआ करती थी, बल्कि अब वो जितने अधिक होते थे, मेरे मन को उतनी ही तसल्ली मिलने लगी थी। क्या पता क्यूँ उनमे मुझे मेरी लगन और मेहनत दिखा करती थी। अब तो मुझे बस उस दिन का ही इंतज़ार था, जिस दिन मुझे भर्ती में भाग लेने जाना था।

लगभग दो महीने बाद वो दिन आ ही गया जिस दिन मुझे फौज में चयन के लिए जाना था। मै सुबह जल्दी उठकर तैयार हो कर सीधा मैदान की ओर निकल गया, जहाँ भर्ती की प्रक्रिया होनी थी। जैसे ही मैदान पर पहुँचा तो वहाँ का नज़ारा देख मेरी हैरानी का ठिकाना ना रहा। वहाँ हज़ारो की संख्या में आस-पास के कई शहरों से युवा आये हुए थे। देश को आज़ाद हुए अब कई वर्ष बीत चुके थे, इसीलिए अब फौज में काम करना लोगो के लिए गर्व की बात थी। इतनी भीड़ देख पहले तो मेरे मन में ख्याल आया कि क्यूँ ना वापस ही चले जाऊं, पर फिर तभी मेरे मन में एक और विचार आया जो बहुत आत्मविश्वास से भरा हुआ था कि जब यहाँ तक आया ही हूँ तो भाग तो लूँगा ही।

थोड़ी ही देर बाद अधिकारियों द्वारा प्रक्रिया शुरू की गई। सबसे पहले दौड़ हुई, दौड़ने के लिए जैसे ही अधिकारी ने सीटी बजाई, मै पूरी फुर्ती के साथ तेज़ी से दौड़ पड़ा।

किसी भी और प्रतियोगी की तरफ मेरा ना तो पहले ध्यान गया और ना ही बाद में गया था। मुझे तो बस मेरी इन आँखों में सामने की ओर खिची हुई एक लम्बी सफ़ेद लकीर ही दिख रही थी, जिसे मुझे पलक झपकते ही पार कर लेना था। हुआ भी बिलकुल वैसा ही, साथ दौड़ रहे लगभग चालीस प्रतियोगियों के बीच में दूसरे स्थान पर आया था। इसमें मै बहुत अच्छे अंको के साथ सफल हुआ, फिर उसके बाद ऊंची कूद लंबी कूद करवाई गई, मै उसमे भी आराम से ही सफल हो गया। फिर सबसे अंतिम में गोला फिकवाया गया, वैसे गोला फेकने का अभ्यास तो मुझे ना था पर सेठजी की दुकान में अनाज की बोरियों की उठाई धराई कर हाथो को वजन उठा कर फेकने का अच्छा अभ्यास हो चुका था, इस वजह से इसमें भी मैंने जैसे-तैसे सफलता पा ही ली थी। इन सब प्रतियोगिताओं के कुछ समय बाद फौज के कुछ अधिकारियों द्वारा छाती की चौड़ाई और शरीर की लंबाई का नाप लिया गया। मै उनके द्वारा तय किये गये सभी मानकों में निरंतर खरा उतर रहा था। फिर तभी निरिक्षण करने आये एक दूसरे अधिकारी द्वारा मुझसे पूछा गया-

कहाँ तक पढ़े हो?

मैंने जवाब दिया... जी मैट्रिक पास हूँ।

उन्होंने मुझसे फिर पूछा- कुछ और भी आता है क्या तुम्हे ?

मैने उनसे कहा जी गाड़ी भी चला लेता हूँ।

उन्होंने फिर पूछा- सरकार से परमिट बनवा रखा है क्या चलाने का ?

जी बनवा रखा है, मैंने उनके प्रश्न का तुरंत उत्तर दिया।

फिर ऐसे ही वे दूसरे अभ्यर्थियों के पास जाकर भी इसी तरह के सवाल जवाब करने लगे, शाम होते-होते तक लगभग चयन प्रक्रिया पूरी हो चुकी थी। फिर तभी वहाँ अधिकारियों द्वारा घोषणा की गई, कि सात दिनो बाद चयनित उम्मीदवारों की लिस्ट लगेगी, जिनका-जिनका फौज के लिए चयन हुआ है उनके नाम उसमे रहेंगे, सभी अपना नाम आकर देख लेना।

आज मैदान पर थकान बहुत हो चुकी थी, इसीलिए वापस पैदल चल कर जाना अब मुमकिन ना था, तो पास ही एक चौराहे पर जाकर एक तांगा लेकर घर की ओर निकल पड़ा। घर पहुँच कर सीधे पलंग पर जाकर लेट गया, थकान के कारण पता ही नही चला कब नींद लग गई। अगले दिन सुबह जब सूरज की किरणे कमरे के रोशनदान से होते हुए मेरी आँखों पर पड़ी तो अचानक ही झटके से नींद खुली। देखा तो दस बज चुके थे, जल्दी तैयार हो मै सीधे काम पर निकल पड़ा। अब तो मुझे बस लिस्ट आने का ही इंतज़ार था। मन में बेचैनी दिन ब दिन बढ़ते ही जा रही थी और आखिर कल वो दिन आने ही वाला था जिस दिन लिस्ट आनी थी। अगले दिन मै सुबह जल्दी ही उठ तैयार हो गया था। घर से निकलते ही सबसे पहले मंदिर पहुँच गया। वहाँ भगवान के सामने हाथ जोड़ सीधा मैदान की ओर चलने लगा। मेरी एक आदत थी, मैं जब भी मंदिर जाया करता था, तो भगवान से कभी कुछ ना माँगा करता था, बस इतना कहता था, आप हमेशा मेरे साथ रहना, क्योंकि अगर उनका साथ रहेगा तो इस जीवन में जो भी होगा अच्छा ही होगा। कुछ ही देर चलने के बाद मै मैदान पर था, वहाँ

देखा तो तीन चार जगहों पर लिस्ट लगी हुई थी। भीड़ बहुत थी, लोगों में होड़ लगी थी अपना और अपने परिचितों का नाम देखने के लिए। थोदी देर तक मै भी खड़े-खड़े लोगो की धक्का-मुक्की देखता रहा, फिर जैसे तैसे धक्का मारते हुए उनके बीच जा पहुँचा। जिस लिस्ट को मै देख रहा था वो चयनित लोगों की लिस्ट थी, जिनका सेना में चयन हो गया था। ऊपर से नीचे तक लिस्ट का एक-एक नाम ध्यान से देखने लगा, पूरी लिस्ट खत्म हो गई पर मेरा नाम उसमे कहीं ना था। अचानक मन उदास हो गया था। कुछ समझ नही आ रहा था, ऐसा लगा मानो पूरी उम्मीदों पर पानी फिर गया था, जो सपने देख रखे थे, एक बार फिर सब सपने ही रह गए थे। बहुत उम्मीद लगा कर बैठा था मै इस नौकरी से, फिर तभी मेरे कानो में एक आवाज़ आई, देखा तो एक लड़का अपने दूर खड़े मित्र को चिल्ला कर बता रहा था, अरे वहाँ कुछ और लोगों की भी लिस्ट लगी है। इतना सुनते ही मैं उस लिस्ट की ओर दौड़ पड़ा, जैसे ही लिस्ट के सामने पहुँचा तो देखा उस पर लिखा था, फौज में चयनित वाहन चालक पद के लिए। एक बार फिर मेरा पूरा शरीर रोमाँचित हो उठा, धड़कने कुछ अत्यधिक तीव्रता से चलने लगी, इस लिस्ट में कुल दस ही नाम थे, मैंने तुरंत ही ऊपर से पढ़ना शुरू किया, जैसे ही नीचे आता गया तो देखा मेरा नाम छठवे क्रम पर था। मुझे फौज में ड्राइवर के लिए चयनित कर लिया गया था, अपना नाम देखते ही मेरी खुशी का ठिकाना ना था। मेरे हाथ पाव फूलने लगे थे, दिमाग ने एक बार फिर काम करना बंद कर दिया था। इन आँखों से लगातार आँसू बहने लगे थे। कुछ समझ ही नही

आ रहा था, अपनी खुशी किसे जाकर बताऊं, किसके साथ मनाऊं।

वहाँ से निकल कर सीधे मंदिर की ओर निकल पड़ा, क्योंकि मेरे पूरे जीवन में शायद वो एक ही थे जिनके कारण मै आज यहाँ था। मंदिर में अन्दर घुसते ही उनके सामने जाकर बैठ गया, मन ने एक बार फिर उनसे बातें शुरू कर दी। भगवान आज मै बहुत खुश हूँ, सब आपके कारण ही है। आज जैसे मुझे उस मंदिर में बैठे-बैठे अपने जीवन का एक-एक पल याद आ रहा था। लग रहा था, जैसे वो कल की ही बात थी जब मैं बारह वर्ष का था और ऐसे ही मंदिर में बैठ कर रो रहा था। उस दिन जब बैठा हुआ था, तब मेरे जूते पॉलिश का काम बन्द हुआ था और आज फौज में भर्ती होकर बैठा हूँ। इतना सोच कर ही मन घबरा गया, कि ना जाने इन दस ग्यारह सालो में ज़िन्दगी कहाँ से कहाँ ले आई, कितना कुछ देख लिया था यहाँ तक आते-आते मैंने अपने जीवन में। इस मन ने कभी कल्पना भी नहीं की थी कि स्टेशन पर जूते पॉलिश करने वाला, अनाज की दुकान पर मजदूरी करने वाला, नौटंकी में नाचने वाला, एक चाय बेचने वाला, सिनेमा में काम करने वाला, आगे चलकर एक दिन फौज में भर्ती हो जाएगा। मैं अपनी ज़िन्दगी में हर काम कर चुका था, पर मैंने अपने पूरे जीवन में तीन काम कभी नही किए थे। ना मैंने कभी झूठ बोला था, ना तो मैंने कभी कोई चोरी की थी और ना ही मैंने कभी किसी से भीख माँगा था, और इसके लिए मै अपने भगवान को हमेशा धन्यवाद देता था, जो उन्होंने मेरे सामने कभी ऐसी नौबत ना आने दी थी। मेरी जिंदगी में जो कुछ हो रहा था सब

कुछ सिनेमा में चल रही किसी कहानी सा लग रहा था। इन आँखों से बहने वाले खुशी के आँसू रुकने का नाम ही नहीं ले रहे थे। मन सोच रहा था कि अगर मै अपने जीवन की दास्ताँ किसी को बताऊं तो शायद कोई कभी यकीन ही ना कर पाए। थोड़ी देर तक मंदिर में बैठे-बैठे यूँ ही सोचता रहा, फिर वहाँ से सीधा घर की ओर निकल पडा।

बस फिर थोड़ी ही देर में वहाँ से चलते-चलते सिनेमा के गेट पर पहुँच गया। वहाँ चौकीदार काका रोज़ की तरह पहरेदारी पर खड़े थे। मुझे देखते ही बोले अरे वायु आज इतनी सुबह-सुबह कहाँ से आ रहे हो। उन्हें देखते ही मै उनके गले लग गया, थोड़ी देर तक तो वे कुछ समझ ना पाए, फिर कुछ देर बाद उन्होंने मुझे अलग हटाते हुए पूछा- क्या हो गया रे आज तुझे ? काका मेरी नौकरी लग गई, वो भी फौज में। इतना सुनते ही अचानक काका की आँखें चमक उठी उन्होंने मुझे एक बार फिर अपने गले से लगा लिया। काका मेरी इस सफलता का श्रेय आपको जाता है, अगर आज आप ना होते तो शायद मै यहाँ तक कभी ना पहुँच पाता, आपके ही कारण यहाँ सिनेमाघर में मेरी नौकरी लगी और मै अपनी पढाई कर पाया। काका मेरी बात काटते हुए बोले, अरे बेटा यह सब भगवान की कृपा से ही हुआ है, मै तो उनका केवल जरिया हो सकता हूँ। आज काका के मुँह से यह बात सुन बहुत वर्ष पहले मिले महात्मा जी की याद हो आई थी, उनको मन में ही प्रणाम कर मै अंदर सेठ जी के कमरे में गया, और वहीं रुक कर सेठजी के आने की प्रतीक्षा करने लगा। जैसे ही वे आए मैंने उन्हें खुशखबरी सुना दी, वे सुनते ही बोले, वाह अब वायु तो साहब बन गया। यह सब आप लोगों के बिना संभव नहीं था, सेठ जी ! वे भी बहुत खुश थे मेरी सफलता पर, वहाँ से निकल कर मै सीधा अपने

कमरे में वापस आ गया। कमरे में आते ही अलमारी में से तीन कोरे कागज़ निकाल कर तीन चिट्ठी लिखने बैठ गया। तीनों चिट्ठी लिख कर पोस्ट ऑफिस जाकर मै तुरंत ही डाल आया। उनमे से एक चिट्ठी अम्मा के लिए, एक सेठजी को और एक मेरे दोस्त रवि और शरद के लिए थी। रवि और शरद को तो मेरी चिट्ठी शायद ही मिल पाए, पर एक उम्मीद थी अगर वो मेरा पता करने कभी सेठजी की दुकान पर आए, तो सेठजी उन्हें उनकी चिट्ठी जरूर दे देंगें। आज मन बहुत खुश था यह सोचकर की सब कितने खुश होंगे, जब उन्हें पता चलेगा कि उनका वायु फौज में भर्ती हो गया है। आज एक बार फिर अम्मा के साथ बिताए दिन एका-एक आँखों के सामने तैरने लगे, उन्हें याद कर मेरी आँखें भीग आई थीं।

५

अगले दिन सुबह होते ही मैं सेना के कार्यालय जा पहुँचा। वहाँ अधिकारियों द्वारा पता चला कि मुझे अगले हफ्ते ही ट्रेनिंग के लिए जाना है। पहले कुछ महीने की ट्रेनिंग दी जाएगी फिर वहाँ से सबको अलग-अलग जगहों पर भेज दिया जायेगा। वहाँ पहुँच कर एक बात और पता चली, भर्ती तो मै ड्राइवर के लिए हुआ था पर जैसा मै सोच रहा था, कि किसी अधिकारी की गाड़ी चलानी होगी, उसके ठीक उल्टा ही हुआ, मुझे फौज में ट्रक चलाना था। यह सुन कर मुझे बहुत खुशी हुई, अभी तक मै छोटी-छोटी गाड़ियाँ ही चलाया करता था, अब मुझे जल्द ही ट्रक चलाने को भी मिलने वाला था। वहाँ से निकल कर मै सीधा घर वापस आ गया। वापस आते ही ट्रेनिंग के लिए ले जाने वाले सामान की तैयारी में लग गया। उससे एक हफ्ते बाद ही सबसे विदा ले मै ट्रेनिंग के लिए निकल गया। ट्रेनिंग के लिए पहुँचा तो देखा वहाँ का माहौल बिल्कुल ही अलग था। जहाँ हमारे जीवन में कोई पाबन्दी नहीं होती और समय का कोई हिसाब नहीं होता, तो दूसरी ओर यहाँ अनुशासन में जीना और समय के एक-एक पल की सही कीमत का आपको एहसास करा दिया जाता है। ट्रेनिंग के दौरान कई मौके आये जब लगा कि शायद अब मै कर ना पाऊँगा, पर लगभग हर मौके में ऐसा कुछ होता कि पूरा शरीर रोमाँचित हो उठता और मै हर कार्य आसानी से कर जाता। कभी-कभी मुझे भी समझ ना आता था, कि ये सब मै ही कर

रहा था या नियति मुझसे करवा रही थी। आज मैंने पहली बार फौज की वर्दी पहना था । सर पर गोल टोपी लगाये मै आइने के सामने खड़ा था। मेरे उम्र का पड़ाव अब चौबीस को छूने वाला था। मेरी ऊंचाई लगभग छह फिट और कंधे हृष्ट-पुष्ट अच्छे खासे चौड़े थे। जब मै पहली बार वर्दी पहन कर खुद को देख रहा था, तो सिनेमा देखने के कारण अपनी नजरो में खुद को मै किसी अभिनेता से कम ना आंक पाया था। जीवन के इतने साल संघर्ष में बिताने के बाद शायद ये पहला मौका था, जब मैने कभी अपने आप को इतने ध्यान से देखा था। आज आइने में खुद को देख कर सोच रहा था, काश अम्मा भी मुझे ऐसे देख पाती, तो ना जाने कितनी खुश हो जाती और फिर मुझसे जरुर कहती- "वायु तेरा चेहरा तो आज सूरज सा चमक रहा है रे"। अम्मा का साथ ना होना मुझे अक्सर दुखी कर देता था, पर मै सोचा करता था, कि एक बार सब व्यवस्थित हो जाये तो उसे जाकर कुछ दिनों के लिए साथ ही ले आऊँगा। हमारी ट्रेनिंग लगभग छह महीने चली, इन छह महीनों में फौज द्वारा मुझे एक कुशल ड्राइवर बना दिया गया था। ट्रेनिंग खत्म होते ही मुझे और कुछ साथियों को कश्मीर जाने को कहा गया और हमे वहाँ से सीधे दिल्ली भेज दिया गया। दिल्ली पहुँचते-पहुँचते हमे दो दिन लग चुके थे। जब दिल्ली पहुँचे तो उस वक़्त रात हो चुकी थी, इसीलिए रात वहीं आराम कर अगले ही दिन सुबह हम बस से कश्मीर के लिए सफर पर निकल पड़े और उसी दिन रात होते-होते हम जम्मू तक पहुँच चुके थे। जब मुझे कश्मीर भेजा जा रहा था, उसके एक साल पहले ही जम्मू और कश्मीर को भारत सरकार ने भारत का अभिन्न अंग घोषित किया था। मैंने सुन रखा था कि काफी मसक्कत के बाद ही भारत सरकार और फौज

मिलकर ये काम कर पाए थे, जिसके कारण आज भी यहाँ की स्थिति तनावपूर्ण ही बनी रहती है। ऊपर से मैंने ये भी सुन रखा था कि इस बार यहाँ पर पहली बार चुनाव होने जा रहे थे, इस वजह से सेना पर काम का काफी दबाव था। जहाँ एक ओर माहौल में संवेदनशीलता थी तो वहीं दूसरी ओर सेना में काम करना अपने आप में ही एक चुनौतीपूर्ण कार्य था। *मैंने अपने पूरे जीवन में कभी कल्पना भी ना की थी, कि मै कभी कश्मीर आऊँगा और कश्मीर मेरे जीवन का एक ऐसा वाक्या बन जायेगा जिसे मै शायद अपनी जिंदगी के आखिरी पल तक ना भुला पाऊँगा।* उस रात वहीं जम्मू में आराम कर अगली सुबह एक बार फिर हम तैयार हो बस में बैठ गए और थोड़ी ही देर में हम कश्मीर के लिए निकल पड़े। जम्मू निकलते ही सफर बहुत रोमाँचक हो गया था। एक के बाद एक सुन्दर पहाड़ियों से होकर बस गुजरती जा रही थी। एक ओर पहाड़ो की खूबसूरती थी, तो दूसरी ओर यह रोड थी जिस पर हमारी बस लगातार चल रही थी और जिसके हर मोड़ पर खतरे का एहसास हो रहा था। आड़ी-टेढ़ी पहाड़ियों पर रोड बनाए जाने के कारण बस चलाना बहुत मुश्किल समझ आ रहा था, यहाँ की रोड देखकर मुझे मेरे काम की कठिनाई का भी एहसास हो रहा था, पर जिस काम में कठिनाई ना हो उसमे मजा ही कहाँ रहता है। जीवन में हुए इस परिवर्तन पर मुझे जैसे विश्वास ही ना हो रहा था। एक शहर से दूसरे शहर घूमने वाला लड़का आज एक राज्य से दूसरे राज्य का सफर तय कर रहा था। मन में काफी उत्साह था, क्योंकि कश्मीर को लेकर मैंने काफी कुछ सुन रखा था। यहाँ की खूबसूरती के बारे में, यहाँ की इन सुन्दर वादियों के बारे में। एक के बाद एक पहाड़ तेज़ी से

पार हो रहे थे, तभी एक पहाड़ के निचले भाग से चेनाब नदी बहती हुई दिखी, उसे देख ऐसा लग रहा था मानो हाल ही में बर्फ पिघल कर पानी बन बह रही हो। उसका पानी एकदम साफ और आसमानी रंग का था। इतने सुन्दर दृश्य मैंने अपने जीवन में पहले कभी नहीं देखे थे। सुन्दर वादियों में बहती हुई यह नदी इतना सौन्दर्य बिखेर रही थी जिसकी उपमा शायद शब्दो में बयाँ करना मुश्किल था। ऐसे दृश्य मै अक्सर सिनेमा में ही देखा करता था और इन्हें हमेशा बनावटी ही समझा करता था, पर आज मुझे जैसे सब सच ही प्रतीत हो रहा था। बस अपनी गति से कश्मीर की ओर बढ़ते जा रही थी, चप्पे-चप्पे पर फौज ने सुरक्षा के कड़े बंदोबस कर रखे थे। वहाँ के माहौल में संवेदनशीलता अलग ही समझ आ रही थी। बेनिहाल से गुज़रते हुए हम करीब रात के दो बजे श्रीनगर पहुँच सके, सुबह छह बजे से लेकर रात के दो बजे तक का यह सफर थका देने वाला था, और मुझे अगले ही दिन सुबह रिपोर्टिंग भी करनी थी। इसीलिए जाते ही मै सो गया और सुबह होते ही रिपोर्टिंग करने हाज़िर हो गया। वहाँ मुझे बताया गया कि मेरी पोस्टिंग बारामूला में रहेगी और मुझे आज ही श्रीनगर से वहाँ के लिए निकलना होगा। बस फिर कुछ ही देर बाद मुझे फौज के एक ट्रक में बारामूला के लिए भेज दिया गया, शाम होते तक मैं बारामूला पहुँच चुका था। रात का भोजन कर सीधे सोने चला गया । अगले दिन सुबह होते ही वहाँ के अधिकारियों को रिपोर्टिंग की, उन्होंने मुझे ट्रक चलाने का जिम्मा दिया और मुझे वहाँ के ही एक पुराने अनुभवी फौजी के साथ काम करने को कहा गया। थोड़ी देर बाद वहाँ एक ऊँची कद काठी का, छोटे बाल रखे, साँवले रंग का युवक

मेरे बाजू में आकर खड़ा हो गया। उसका नाम राजेश था, फिर अधिकारियों द्वारा मुझे राजेश के साथ काम करने और रहने को कहा गया। राजेश की पोस्टिंग बहुत समय से बारामूला में ही थी, वो इन रास्तों पर ट्रक चलाने और यहाँ के हालातों में काफी अनुभव रखता था। राजेश का पूरा नाम राजेश सिंह था और वो कानपुर उत्तरप्रदेश का रहने वाला था। देखते-देखते कुछ ही महीनों में राजेश और मै अच्छे दोस्त बन गए थे। अब मेरे ज़िन्दगी का शायद ही कोई ऐसा पहलू बाकी था, जो राजेश को पता नहीं था। धीरे-धीरे वो भी मुझे अपने परिवार का ही हिस्सा मानने लगा था। अब वो मेरी हर छोटी-छोटी खुशियों का भी ध्यान रखा करता था। मेरी ज़िन्दगी की गाड़ी एक बार फिर खुशी-खुशी अपनी पटरी पर तेज़ी से दौड़ रही थी। अब काम में व्यस्तता इतनी थी कि खुद के लिए भी समय निकालना मुश्किल रहता था। घाटी में बड़ी कशमकश के बाद चुनाव निपटे थे, तब जाकर कहीं चैन की साँस लेने का मौका मिल रहा था। सोच रहा था अम्मा को लाकर एक बार यहाँ घुमा दूँ पर अभी किसी भी प्रकार से छुट्टी लेना मुमकिन ना था। राजेश के साथ रहते-रहते कब पूरा साल बीत गया था, कुछ पता ही नही चला। अब कश्मीर की इन सुन्दर वादियों में मेरा वक़्त तेज़ी से निकलता जा रहा था और ज़िन्दगी जीने में अब यहाँ एक अलग ही सुकून महसूस होने लगा था। बस कभी-कभी किसी अपने की कमी महसूस जरुर होती थी पर ऐसा लगता था, मानो वो कमी भी जल्द ही पूरी होने वाली थी।

६

एक दिन शाम के समय राजेश और मै रोज की तरह बाज़ार की ओर घूमने गए, वहाँ पहुँचते ही राजेश बोला, वायु चल आज तुझे कश्मीरी केसर की चाय पिलाता हूँ । रहने दे राजेश, जब से यहाँ आया हूँ यही केसर की चाय पी पी कर पक गया हूँ । अपनी बात मनवाने के लिए वो फिर बोला चल तो साथ में, तूने ऐसी चाय यहाँ कभी पी नही होगी । उसकी जिद्द देख मै बोला- चलो देखते हैं, आपकी केसर की चाय । बाज़ार में अंदर घुसते हुए हम उस दुकान पर जा पहुँचे जहाँ राजेश की चाय, मेरा मतलब है केसर की चाय मिलती थी। वहाँ देखा तो दुकान का मालिक कुर्सी लगा बाहर बैठा था, उसने हमें आता देख मुस्कुराते हुए कहा "आइए जनाब " । राजेश ने उससे पूछा- "चाय मिलेगी" । मैने राजेश की बात काट कर कहा- "जी चाय वो भी केसर वाली, राजेश मेरी ओर मुस्कुराया और कहा- यहाँ चाय केसर वाली ही मिलती है.। उसे पता था कि मै उसकी टांग खींच रहा हूँ, और ऐसे में जब भी वो झल्लाता, तो उसका वो झल्लाना और मुझे उसको छेड़ना पता नहीं क्यूँ बड़ा आनंद देता था। रिश्तों के इन हँसी मजाक का लुत्फ मै पहली बार ही ले रहा था। वो जानता था कि यहाँ हम दोनों ही हैं, एक दूसरे के लिए और फिर इतना अच्छा दोस्त तो वो बन ही गया था मेरा कि मै उसका मजाक बना कर हँसी

ठिठोली कर सकूं। दुकानदार यह सब देख रहा था, थोड़ी देर रुक कर मुस्कुराया और बोला "जी जनाब, बिल्कुल मिलेगी आप तशरीफ तो लाइए"। हम दोनों वहीं बाहर की ओर लगाई गई कुर्सियों पर जाकर बैठ गए। मै बाहर की खूबसूरती देख रहा था और अपने मन में अपने आप से ही बातें कर रहा था। एक तो यहाँ की सुंदरता का क्या कहना था, ऊपर से मौसम ने भी माहौल खुशनुमा बना रखा था। आम तौर पर, हमारे शहरों में बाज़ार तो होते ही हैं, पर यह नजारा और इतनी खूबसूरती नहीं होती। यह छोटे-छोटे रास्ते, गलियां, आस-पास सटी हुई दुकानें, वो भी लकड़ी और टीन की चादर से बनी हुई। चाय की दुकान पर चूल्हे के ऊपर गरम पानी की भाप और यहाँ पर छाए हुए कोहरे की चादर में ज्यादा फर्क नहीं था। हवा में हल्की ठंड थी, और चाँद ने भी अपनी चाँदिनी से सारा बाज़ार ढक रखा था, ऐसा लगता था मानो कुदरत ने अपनी अनमोल सौगात इस जगह के नाम लिख दी हो। यहाँ की हर एक चीज़ कुदरत का सबसे बेमिसाल तोहफा थी। मै अक्सर इन्हीं ख़यालो में डूब जाया करता था, और फिर कुछ पता भी नहीं था कि ना जाने कब यहाँ से छुट्टी हो जाए। जिंदगी में हमेशा आगे बढ़ते रहना चाहिए, यही सीखा था मैने अपने जीवन में और मुझे कौन सा यहाँ जीवन भर रहना था। मै इन सब ख्यालों में अपने आप में ही खोया था और राजेश समाचार पत्र में गहराई तक डूबा हुआ था। काफी देर हो गईं थी और चाय का कोई अता-पता नहीं था। वहीं बैठे-बैठे चाय के इंतज़ार में मैने दुकान के अंदर की ओर देखा, वैसे तो वो दुकान खुली थी, जो पूरी बाहर से अंदर तक दिखती

थी, लेकिन उसका एक कोना जो बड़ी सी चादर या दरी से ढका हुआ था। मैने उसके अंदर झांकने की कोशिश की पर उतना साफ नहीं दिख रहा था । चाय का इंतजार करते-करते बाहर मेरी कुल्फी सी जम रही थी। मैने गुस्से से राजेश की ओर देखा पर वो समाचार पत्र में ही उलझा था। अगर मेरे चेहरे के भाव वो देखता तो शायद समझता और फिर उसे भी ठंड का एहसास जरुर होता। मैने एक बार फिर उस कोने में झाँका जहाँ चाय बन रही थी। इस बार तो सोच ही लिया था कि अगर अब वहाँ से कोई चाय लाता नहीं दिखा तो मै उठ जाऊँगा, और राजेश से बोल दूँगा चल यहाँ से मुझे नहीं पीना अब कोई चाय-वाय। मैने झाँका और इस बार कोई दिखा, साफ नजर नहीं आ रहा था, मैने कुर्सी को आगे खींचा ताकि मुझे ज्यादा झुकना ना पड़े और मै अंदर तक देख सकूं। पता नहीं इतनी बेचैनी क्यों हो रही थी उस चेहरे को देखने की, हवा से वो पर्दा बार-बार खुल बन्द हो रहा था। शायद एक लड़की थी, उफ्फ ये हवा भी, मेरे यह शब्द अच्छा हुआ किसी ने सुने नहीं पर मेरी बैचैनी कोई भी देख कर भाँप लेता, पर मै इतना बेचैन क्यों हो रहा था। मेरी बेचैनी और बढ़ रही थी, पर हवा ने अपनी बेचैनियों को थामे रखा था। हवा कभी धीमे तो कभी तेज हो जाती और मैने फिर थोड़ा सा झाँकते हुए उस चेहरे को देखना चाहा, और इस बार मै कामयाब हुआ। हवा के धीमे-धीमे झोंको के कारण उसके बाएँ गाल को उसके सुनहरे बालों ने ढक रखा था, जिसे उसने अपनी उंगलियों से अपने कानो के पीछे अटका लिए थे। उसके कानो में बड़े-बड़े गोल चाँद के आकार जैसे झुमके थे, जिसमें से एक झूमर सा

उसकी गर्दन के साथ आता हुआ उसके कंधे पर लटक रहा था। उसके हाथ बार-बार उसके गालों के पास आते और उसके बालों को गालों से अलग करते, हाथों में चूड़ियां और उनकी वो खनक मेरे कानो तक आ रही थी। वहीं एक ओर बाज़ार में इतना हल्ला था, पर ना जाने क्यों इतनी आवाजों में भी मुझे बस एक ही आवाज़ सुनाई दे रही थी। अब मुझे ना ठंड का पता चल रहा था और ना हवा का, मै तो शायद अब और जम गया था। मै एक पल उसके गालों को देखता और दूसरे ही पल उसकी उंगलियों की हरकतों को, तभी कुछ भार सा मेरे कंधों के ऊपर हुआ और मै ज़ोर से हिल गया। वायु-वायु !! पहली बार मुझे मेरा नाम इतना कर्कश लग रहा था। मैने चिढ़ते हुए राजेश की ओर देखा- "क्या हुआ क्यों चिल्ला रहा है", मैने उससे पूछा। वो मुझसे कुछ कहता कि उससे पहले ही आवाज आई- "जी चाय" और मैने उस आवाज की और देखा, नजरें थम सी गई थी, आँखें जो चमकदार काली थी पर उनमें जैसे किसी ने हल्का सा शहदी रंग घोल दिया हो, गहरी सी सहमी हुई सी, पलकें घनी जो बार-बार झपक कर आँखों को आराम दे रही थी, होठ गुलाबी रंग लिए एक दूसरे से सिले हुए थे। गुलाब की उन पंखुड़ियों की तरह जो कली के सबसे अंदर की परतों पर खिलती है, जो सबसे कोमल और सुर्ख होती है, असल में उसके होठ ना सुर्ख लाल है और ना हल्के गुलाबी, मानो इन दोनों से बना हुआ ऐसा एक रंग जो गुलाब की पंखुड़ी को भी पीछे छोड़ दे। गालों पर जैसे सफेद बर्फ की चादर, पूनम का वो चाँद जिसे सोलह कलाओं से सजाया गया हो, इतनी

खूबसूरती तो जैसे आज तक मैंने अपने जीवन में नहीं देखा था । जैसे प्रकृति ने अपनी सारी सम्पदा और कलाएँ सब एक को ही सौंप दी हो। यह कोई सपना तो नहीं, या फिर यहाँ की खूबसूरती में, मै ही कहीं इतना तो नहीं खो गया कि दिन में भी सपने देख रहा था। ऐसा लग रहा था मानो मैने यहाँ की वादियों के सौन्दर्य को साक्षात एक लड़की के रूप में देख लिया था । तभी उसने एक बार फिर मुझे आवाज दी "साहिब चाय"...

उसकी आवाज़ सुन जैसे मै जाग गया, ठीक वैसे ही जब चाय के लिए आवाज सुन कर लोग सुबह-सुबह जाग उठते हैं। मै भी ठीक उसी तरह जागा था, किसी की आवाज सुन कर, वो आवाज उसी की थी जिसको मै सपना समझ रहा था। हाँ यह सच है कि यह सपना नहीं था। पर मै खो गया था, एक खूबसूरत सपने में और उसी सपने ने हकीकत में मुझे जगाया था। मैने चाय उठाई और उसे एक टक देखता रहा, देखते ही देखते कब चाय पी गया कुछ पता भी नहीं चला। राजेश की ओर देखा तो वो चाय से निकलते हुए उस धुंए से कुश्ती लड़ रहा था। राजेश ने मेरी ओर देखा और बड़ी अचरज से पूछा- "तेरी चाय कहाँ है" मै तो उस वक़्त जैसे होश में भी उसके ख्यालों में ही था, मैने राजेश से कहा "वो तो कब की चली गई", वो मेरी बात कुछ समझ नहीं पाया और हैरानी से पूछा- "चली गई, चाय ?"

मै उसकी हैरानी जान कर उसकी ओर देखते हुए हँसा और कहा- "नहीं चाय वाली"।

तभी राजेश ने तुरंत मेरी लात में अपनी लात दे मारी, अब शायद उसे मेरी गोल-मोल बातें समझ आ रही थी।

उसकी लात पड़ते ही मै होश में वापस आ गया, उतने में ही राजेश अपना मुँह मेरे कान के पास लाकर कहने लगा", देख वायु यहाँ के लोग बहुत खतरनाक है, कोई नाटक मत करना, नही तो यहाँ पर छोटी-छोटी बातों पर बड़े बवाल हो जाते हैं"। मै उसकी बात सुन उसे देख मुस्कुरा दिया और बोला राजेश बवाल करने का तो अब मन बना लिया है, अब बस यह देखना है कि बवाल होता कितना बड़ा है। वो मेरी बात सुन जैसे घबरा गया, उसकी यूँ शकल देख मेरी हँसी छूट पड़ी, जिससे शायद उसने कुछ राहत की साँस ली। मै जाते-जाते भी उसे घूरकर ही देखता रहा, दो बार उससे जानकार नज़रे मिलाकर मुस्कुराया भी, पर उसकी मुझमे किसी प्रकार की दिलचस्पी नही दिखी। आज रात जैसे नींद ही नही आ रही थी उस लड़की का ही चेहरा बार-बार आँखों में आ रहा था। मन ने एक बात तो जैसे तय ही कर ली थी कि चाहे जो भी हो जाए इस लड़की को तो मै अपनी इस ज़िन्दगी का हमसफर बना कर ही दम लूंगा। अगले दिन शाम होते ही मै तैयार हो बाज़ार की तरफ जाने के लिए घर से बाहर आया ही था कि राजेश टकरा गया। मुझे देखते ही बोला अरे वायु आज कहाँ चल दिए ? मैंने कहा-, बस चाय पीने। वो फिर बोला आज अकेले ही ? तुझे ही बुलाने आ रहा था, राजेश ! पर तू खुद ही आ गया। वो बोला अच्छा चल कहाँ चलना है। मै उसे देखकर बोल पड़ा, बस कल ही वाली दुकान पर। इतना सुनते ही वो गुस्से में मेरी ओर बढ़ आया और बोला, देख वायु पागलपन मत कर मैंने तुझे कल भी समझाया था। राजेश पागल तो उसने कर दिया है यार, एक ही नज़र में। वो फिर बोला वायु तू समझ

क्यों नही रहा, यहाँ अगर किसी को भी तेरे इरादे की भनक तक लग गई तो ना जाने क्या हो जायेगा, शायद तूने कभी सोच भी ना होगा, और तो और तू अपनी नौकरी से भी हाथ धो बैठेगा और याद रखना वायु ये कश्मीर है, और वैसे भी यहाँ के लोगों और हम फौजियों में कभी बनी नही है। यहाँ हर छोटी-छोटी बातों का बवाल बना दिया जाता है, और तू तो एक नया नाटक करने का ही मन बना रहा है। दिक्कत कहाँ नही होती राजेश, और फिर यहाँ के मसलो से मेरा और उसका क्या लेना देना, अगर दिक्कत हम दोनो को नही होगी तो दूसरों को क्या दिक्कत होगी, और मै तो इतना सब सुनकर अब यह ही समझता हूँ कि अगर मेरा उससे संबंध हो जाए तो फौज को भी यहाँ के लोगों से अपने संबंध मधुर करने का जरिया मिल जायेगा। मेरी दलीले सुनते ही राजेश और तमतमा उठा और बोला, वायु तू पूरा पागल हो गया है और देखना एक दिन तेरा यही पागलपन तुझे मरवाएगा। उसकी इतनी बातें सुन मैं भावुक हो बोल पड़ा, दोस्त मर तो में बचपन में ही गया था, कल से ही तो जीना सीखा हूँ और तू फिर मरने की बात कर रहा है। मेरी बात सुन अब वो कुछ बोल ना पाया,क्योंकि वो मेरे पूरे जीवन से अच्छी तरह वाकिफ था।

मैंने उससे दोबारा पूछा- राजेश तू साथ चलेगा या नही?

वो तुरंत बोला- आपको आपकी चाय मुबारक और इतना कह वो वहाँ से आगे बढ़ गया।

उसके जाते ही मै मुस्कुराता हुआ बाज़ार की ओर निकल पड़ा, इतना तो समझ आ ही रहा था की इश्क़ एक नशे की तरह होता है जिसमे इंसान को बस एक ही धुन सवार रहती है, और वो है हर कीमत पर सामने वाले को पाने की

चाह। एक अनचाहा सा जुनून उसके सर पर चढ़ जाता है और वो अपने अच्छे बुरे की फिक्र ना करते हुए बस उसे पाने की ज़िद ले बैठता है और शायद जरुरत पड़ने पर उसके एक ही इशारे पर अपनी पूरी दुनिया भी लुटा सकता है।

बाज़ार पहुँचते ही मै उसकी दुकान ढूंढता हुआ, उसकी दुकान के सामने जाकर खड़ा हो गया, पर वो आज दुकान पर नही थी। उसके अब्बा जरुर दुकान पर बैठे-बैठ चिलम के नशे में कुछ खोए हुए से थे, उसको दुकान पर ना देख कर मन उदास हो गया। मै वहीं उसका इंतज़ार करते-करते बाज़ार में इधर-उधर घूमने लगा, लगभग घूमते-घूमते दो घण्टे बीत गए थे। तभी अचानक वो मुझे उसकी दुकान पर आती हुई दिखी, जैसे ही वो दुकान के अंदर पहुँची पीछे-पीछे मै भी उसकी दुकान पर जा पहुँचा। जाते ही उसके अब्बा से बोला, जनाब एक चाय मिल जाएगी क्या ? वो बोले बैठिये मियाँ, अभी बनवाए देता हूँ। उन्होंने अपनी बेटी को मुझे चाय देने का इशारा किया, मै लगातार उसे ही देखे जा रहा था, शायद अब वो भी इस बात को भली-भांति समझ रही थी कि मेरे इरादे कुछ नेक नही हैं। पर वो मुझे इस बात का एहसास ना कराने की पूरी कोशिश कर रही थी, और मै उसे इसी बात का एहसास कराने में कोई कसर नहीं छोड़ रहा था। ऊपर से पिछले दो घण्टे से मै उसकी एक झलक के लिए बजार में पागलो की तरह भटक रहा था, इसीलिए अब ज्यादा सब्र मुझसे रहा ना गया और मै उसके अब्बा से बोल पड़ा, जनाब मै पिछले दो ढाई घण्टे से बाज़ार में घूम रहा हूँ, सोच रहा था कि केसर ले लूँ। पर कुछ समझ ही नही आया, क्या आप बताएँगे कि कहाँ से

लेना ठीक रहेगा ? उसके अब्बा से बात करते हुए मै उसे ही देख रहा था, मानो जैसे ही मैंने दो ढाई घण्टे कहा था, उसके काम करते हुए हाथ जैसे कुछ देर को ठहर से गए थे। अब मेरा मन खुश था क्योंकि मेरे किये हुए इंतज़ार की ख़बर अब उसे भी थी। तभी उसके अब्बा मुझसे पूछने लगे बेटा तुम कहीं बाहर के लगते हो ? जी अभी लगभग एक ही साल पहले मेरी यहाँ पोस्टिंग हुई है, मै फौज में हूँ। वो तुरंत बोले- अच्छा तो तुम फौजी हो। मैंने कहा- जी, घर पर अकेला रहता हूँ तो अक्सर रोज़ शाम को बाज़ार की तरफ टहलने आ जाया करता हूँ। वो फिर बोले, तुम अब फ़िक्र मत करो मै तुम्हे अच्छा केसर लाकर दे दूँगा, कल जब तुम घूमने आओ तो लेते हुए जाना। "आपका शुक्रिया जनाब", मैंने उनका धन्यवाद करते हुआ कहा। वो मेरी ओर देख मुस्कुरा दिए, और इतने में ही वो चाय ले मेरी तरफ आ गई। आज शायद उसने भी पहली बार मेरी आँखों में आँखें डालकर देखा था, जैसे ही उससे नज़रे मिली ऐसा लगा मानो उसका हाथ पकड़ उसे अपने साथ ले कहीं उड़ जाऊं और अपने मन की सारी बातें उससे कह दूँ, पर नज़र मिलते ही उसने अपनी नज़रे हटा ली और घबरा कर वापस लौट गई। मन तो कर रहा था कि रात भर वहीं बैठे-बैठे उसके हाथों की चाय पीता रहूँ पर ऐसा हो पाना मुमकिन ना था, हुज़ूर के अब्बा जो दुकान पर तसरीफ जमाए बैठे थे। मै जाते-जाते उसके अब्बा से कहा- ठीक है जनाब चलता हूँ, कल आकर केसर ले जाऊँगा। वो बोले अच्छी बात है, पर कम से कम अपना नाम तो बताते जाओ ? जैसे बस मै भी इसी इंतज़ार में था कि कम से कम उस तक मेरा नाम तो पहुँच ही जाए। मै उसकी दुकान से थोड़े दूर जाकर तेज़

आवाज़ में चिल्ला कर बोला, वायुजीत नाम है जनाब, पर सभी वायु कहकर बुलाते हैं। वो बोले, ठीक है वायु तुम कल आ जाना। मन तो कर रहा था कि आज ही सारी दुनिया के सामने अपने हाथ फैला कर चिल्ला चिल्लाकर अपना नाम बता दूं, कि ये वायु तुम्हारे लिए हाथ फैलाए खड़ा है और तुम्हारे लिए हर मुसीबत से सामना करने को तैयार है, पर शायद इसका अभी सही वक़्त नहीं आया था। वहाँ से निकला तो सीधा घर की ओर चल पड़ा, बाज़ार से थोड़ी ही दूर आया था कि राजेश खड़ा दिखा, जैसे मेरा ही इंतज़ार कर रहा था, मुझसे बात करने को उसकी झटपटाहट अलग ही दिख रही थी। मेरे नजदीक आते ही बोला- आशिक ने माशूका के हाथो की चाय पी ही ली। उन्होंने चाय की जगह अगर जहर भी पिला दिया होता, तो भी हँसकर पी आते। मेरे मुह से इतना सुनते ही वो मुझे मारने टूट पड़ा, उसके मेरी तरफ दौड़ते ही मैंने भी तेज़ दौड़ लगा दी, गुस्से से आकर उसने अपना जूता उतार मेरी पीठ पर दे मारा, पहले तो मै थोड़ा रुक और फिर उसका जूता हाथ में उठा घर की ओर भाग आया, बेचारा एक पाव में ही जूता पहने धीरे-धीरे घर तक आ पाया था।

मै घर पहुँच कर खाना खाकर बाहर टहलने निकला ही था कि राजेश एक बार फिर मेरे सामने खड़ा था। मेरे पास आते ही बोला- वायु तुझसे कुछ जरुरी बात करनी है। हाँ ! राजेश, बता ना क्या हुआ ? वो फिर बोला- देख वायु तू अभी यहाँ नया-नया ही आया है, और तू अभी यहाँ के हलातो से अच्छी तरह वाकिफ भी नही हुआ है, ये सब कबीले वाले लोग हैं, ये स्वभाव से बहुत ज़िद्दी और कट्टर

होते हैं और यहाँ लगभग हर घर में लोगों के पास तुझे हथियार मिल जाएंगे और कौन हमारा दोस्त है और कौन दुश्मन यहाँ कुछ भी कहना मुश्किल है। अब तू इसी तरह रोज़ उससे मिलने जाएगा, तो देखना एक दिन तुझे पता ही नही चलेगा कब कौन तेरा पीछा कर रहा होगा और क्या पता, कब कौन तुझे गोली मार कर भाग खड़ा हो। देख वायु मेरी बात समझ मुझे तेरी बहुत फ़िक्र है और मै तुझे किसी भी कीमत पर खोना नही चाहता, इसीलिए मेरी बात मान और छोड़ दे यह सब करना। अब से तू बस अपनी नौकरी पर ही ध्यान दे और उसी के बारे में सोच, और जहाँ तक बात रही तेरी शादी की, तो यह मेरा वादा है, मै मेरी माँ से कह कर किसी बहुत अच्छी लड़की से तेरी शादी करवा दूँगा। आज राजेश की ये सब बातें सुन मुझे बहुत खुशी हो रही थी, आखिर कितना सोचा करता है वो मेरे बारे में, कितनी फ़िक्र थी उसे मेरी। कुछ देर रूककर मै फिर उससे बोला....देख राजेश मेरा यहाँ तुझे छोड़ कोई नही है, परिवार के नाम पर यहाँ कोई है तो सिर्फ तू ही है, अगर कल किसी कारण से मै मर भी जाऊं, तो मेरी चिता को आग देने वाला भी तुझे छोड़ कोई ना होगा और सच कहूँ तो तुझसे तो मेरे जीवन का कोई पहलू छिपा नही है, बचपन में ही माँ-बाप छोड़ गए थे, सारे रिश्ते नातो ने मुँह मोड़ लिया था। अपने बंजारे पड़े इस जीवन में मैंने बड़ी मुद्दतो बाद किसी को अपना बनाने की ज़िद्द पाली है और सच कहूँ तो आज तक यही एक लड़की मिली है, जो ना जाने क्यूँ मुझे पसंद आई है, जिसे देख कर उसे अपना बनाने की दिल में चाहत हुई है, कम से कम इसे तो मुझसे मत छीन, और हाँ,

अगर उसे पाने के लिए मै मर भी जाऊं तो भी कोई गम नहीं होगा पर अगर वो ना मिली तो मै जीते जी ही मर जाऊँगा। राजेश मेरी हर बात बड़े ध्यान से सुन रहा था।

कुछ देर रुक कर मैंने उससे फिर कहा- हाँ ! पर मेरे लिए आज भी तू उससे बढ़ कर ही है, अगर तू मुझसे अब भी यही कहेगा कि मै गलत कर रहा हूँ, तो कसम है हमारी दोस्ती की कल से मेरा रास्ता उसकी ओर कभी नहीं जाएगा। मेरी बातें सुन राजेश का दिल भर आया वो बोला ठीक है वायु, तू कर तुझे जो करना है पर अब जो भी करना पूरी सावधानी से, जब भी जायेगा मुझे बता कर ही जायेगा और मै तेरे पीछे-पीछे ही देखते आया करूँगा कि कहीं कोई खतरा तो नही है। उसकी बातें सुन मैंने उसे गले से लगा लिया, वो बोला ज्यादा मक्खन मत लगा और अब जाकर सो जा, और हाँ, इन सब बातों में तुझे बताना ही भूल गया, हमे सुबह ही श्रीनगर के लिए निकलना है, और फिर रात तक यहाँ वापस आकर तेरे ससुराल की चाय भी तो पीने चलना है। इतना बोल मुस्कुराते हुए वो सोने चला गया, मै भी उसकी बात सुन उसे देख मुस्कुरा दिया। आज मेरा दिल बहुत खुश था, उसे पाने का मेरा फितूर अब सातवें आसमान पर था क्योंकि अब मेरा दोस्त जो मेरे साथ खड़ा था। अब चाहे पूरी दुनिया भी मेरे खिलाफ क्यूँ ना खड़ी हो जाती तो मुझे उससे कोई फर्क नहीं पड़ता।

समुन्दर की गहराई से, अपना प्यार ढूंढ कर लाना था,

बर्फीली इन वदियो में,

सपनो का आशियाँ जो सजाना था।

७

अगले दिन सुबह उठते ही हम दोनो श्रीनगर के लिए निकल गए। वापस लौटते वक़्त रात काफी हो चुकी थी। हम जब तक उसकी दुकान पहुँचे तब तक सारा बाज़ार बंद हो चुका था। आज उसे ना देख पाने का गम तो हो रहा था पर आखिर मै कर भी क्या सकता था, हम वापस घर की ओर आ गये। अगले दिन सुबह होते ही बिना किसी का इंतज़ार किये मै एक बार फिर बाज़ार की ओर निकल पडा, मानो रात भर आँखें भी बस सुबह के उजाले के इंतज़ार में ही बैठी थी। जब बाज़ार पहुँचा तो उस वक़्त सारी दुकाने बंद थी, करीब दो घण्टे बाद कुछ दुकानदारो ने अपनी दुकाने खोली, पर जिस दुकान के खुलने का इंतज़ार मै सुबह से ही कर रहा था, वो अभी भी बंद ही थी। मै एक दुकान के बाहर एक लकड़ी के बने हुए स्टूल पर बैठा ही हुआ था कि तभी थोड़ी ही दूर पर वो मुझे आती हुई दिखी, आते ही वो दुकान खोल उसकी साफ सफाई में लग गई। मन एक बार फिर उसे देख खुशी से झूम उठा था, जैसे समंदुर की गहराई में फिर गोते लगाये जा रहा था। कुछ समझ नहीं आ रहा था क्या कहूँ, कैसे बात शुरू करूँ, अब मै बस यूँ ही खड़े-खड़े उसे जी भर के देख लेना चाहता था, इसीलिए अभी उसकी दुकान पर नही जाना चाहता था। अगर अभी चला जाता तो फिर शाम को किस मुँह से दोबारा चाय पीने जाता, इसीलिए मै उसकी दुकान के ठीक सामने वाली दुकान पर खड़े होकर नाश्ता करते-करते उसे निहारने लगा। मै उसे देख ही रहा

था कि अचानक उसकी नज़र मेरी नज़र से टकरा गई और एक बार फिर पूरे शरीर में भावनाएं हिलोरे मारने लगी, जैसे नसों में खून तेज़ी से बहने लगा हो और धड़कने भी अपनी चरम सीमा पर हो। वो भी मुझे देखते ही घबरा कर घूम के खड़ी हो गई, इस बार तो मै भी इन नज़रों से नज़रों के मेल के लिए तैयार ना था। मै वहाँ खड़े-खड़े अपने आप को सम्हाल ही नही पा रहा था, हड़बड़ी में नाश्ता खत्म कर जाने लगा, जैसे ही उसकी दुकान के सामने से आगे ही बढ़ा था कि वहीं सामने से आ रहे उसके अब्बा की नज़र मुझ पर पड़ गई। वे मुझे देखते ही बोले- अरे... जनाब....। मैंने उनकी बात अनसुनी करना चाही पर वो फिर थोड़ी और जोर से बोले- अरे जनाब ! मै आपसे कह रहा हूँ। इस बार मैंने तुरंत उनकी ओर देख कर मुस्कुराते हुए कहा- हाँ, जी जनाब फरमाइए। वो बोले- माफ कीजिएगा क्या नाम बताया था, आपने अपना ? "जी, वायु"। वे बोले- हाँ, वायुसाहब कल आप आए नही आपकी केसर लेने, इतने में मैंने उनकी बेटी की तरफ नज़रे घुमाई, वो उधर मुँह किये हुए हम दोनो की ही बातें ध्यान से सुन रही थी। अरे जनाब कल काम से श्रीनगर जाना पड़ गया था, इसीलिए शाम को आपकी दुकान पर आ ना सका। वो बोले, कोई बात नहीं आप अभी ले जाइए, मैंने आपके लिए कल ही मंगवा कर रख ली थी। आपका शुक्रिया जनाब, पर मै सोच रहा था कि शाम को ही आकर ले जा लूंगा, इसी बहाने आपकी दुकान पर चाय पीना भी हो जाएगा। वो बोले जैसा आप मुनासिफ समझे। इतना सुन मै वापस घर की ओर लौट पड़ा, लौटते वक़्त मन को फिर ख्यालों ने घेर लिया, आज

तो उसे पता भी है कि शाम को मै फिर उसकी दुकान पर आऊँगा और अगर उसे मुझमे थोड़ी भी दिलचस्पी होगी, तो फिर वो मुझे जरूर दुकान पर ही मिलेगी और कम से कम उस दिन की तरह दो ढाई घण्टे इंतज़ार तो नही करवाएगी, और अगर शाम को वो मुझे दुकान पर मिली, तो आज उससे कुछ ना कुछ आगे बात बढ़ा कर ही वापस आऊँगा।

बर्फ की इन हसीन वादियों में,
खो जाना चाहता हूँ मैं कहीं,
पर तेरी यादों का ये तूफान,
फिर उसी राह पर खींच लाता है मुझे।

शाम होते ही मै फिर उसकी दुकान पर जा पहुँचा। जब दुकान पर पहुँचा तो देखा आज वो पहले से ही दुकान पर मौजूद थी, जैसे मेरे ही इंतज़ार में हो और आज तो वो रोज़ से कुछ ज्यादा ही सुन्दर दिख रही थी। ऐसा लग रहा था, जैसे मेरे लिए ही सज संवर कर आई हो। रोज़ से अलग आज उसने चाय देने में भी काफी वक़्त लगा दिया, जैसे वो खुद मुझे वहीं बैठा कर रखना चाहती हो। लगभग पंद्रह मिनट बाद वो चाय लेकर आई, जैसे ही वो आई मैंने अपनी जेब में से एक पर्ची निकाली और उस पर कुछ लिख, उसे वापस मोड़ कर अपनी जेब में रख ली। जैसे ही मेरी चाय खत्म हुई मैंने वो पर्ची निकाल कर चाय के उस खाली कप में डाल दी और उसे कप ले जाने का इशारा किया। जैसे ही वो कप उठा के गई, उसके होश ठिकाने ना रहे, कप में पर्ची देख वो घबरा गई, हड़बड़ाहट में उसने कप से पर्ची निकाल

अपने कपड़ो में छुपा ली। मै खुश था यह सोचकर कि शायद कुछ तो है मेरे लिए उसके मन में। मुझे जाते-जाते उसके अब्बा ने केसर पकड़ा दिया, उनको पैसे अदा कर मै घर की ओर निकल पड़ा। वहाँ से निकला तो आज थोड़ी ही दूर पर राजेश खड़ा मेरा इंतज़ार कर रहा था। मेरे आते ही पूछा- वायु आज कुछ बात बढ़ी या नही ? बात बहुत बढ़ गई है, राजेश और उसके अब्बा ने शगुन में केसर भी भिजवाया है, इतना सुनते ही वो हँसने लगा। थोड़ी देर रुक कर वो फिर बोला सच बता वायु क्या हुआ, मैंने उसे बताया, आज सिर्फ उससे उसका नाम पूछा है और कुछ नही। वो बोला चलो अच्छा है कहीं से तो शुरुवात हुई। आज मेरा मन बहुत खुश था, जैसे कई चिराग एक साथ जल उठे थे, ऐसा लग रहा था मानो उसे पाने का सपना जल्द ही पूरा होने वाला था। एक तरफ अब यहाँ कश्मीर में ठंड का मौसम चालू होने वाला था और कुछ ही समय बाद बर्फ भी पड़ने वाली थी, तो दूसरी ओर मेरा इश्क़ परवान चढ़ते जा रहा था। अब मुझे किसी बात का इंतज़ार था तो वो अब जल्द से जल्द उससे इज़हार करने का, अब तो जैसे उसके बिना एक-एक पल काटना मुश्किल होता जा रहा था।

अगली शाम जब मै उसकी दुकान पर पहुँचा तो देखा वो वहीं पर थी, आज उसे मुझे चाय देने में जरा भी वक़्त ना लगा, जैसे वो चाय बना कर ही बैठी थी। वो चाय लेकर आई और जैसे ही मैंने कप उठाया तो देखा उसमे चाय नही थी, बस एक पर्ची डली हुई थी। मैंने उसे तुरंत उठा कर अपनी जेब में रख ली और फिर वहीं बैठे-बैठे चाय पीने का नाटक करने लगा। फिर मैंने अपनी जेब से उसकी दी हुई पर्ची निकाल ली, जैसे ही उसने मुझे जेब से पर्ची निकालते

हुए देखा वो उधर मुह कर खड़े हो गयी। पर्ची खोली तो उसमे उसका नाम लिखा हुआ था, --आफिया। बड़ा ही प्यारा नाम था उसका, नाम पढ़ते ही मेरे चेहरे पर मुस्कान आ गई और मै कप वापस कर बाहर निकल आया। आगे राजेश खड़ा हुआ था उसके पास पहुँचते ही मैंने उसके हाथ में पर्ची वो थमा दी, उसने पर्ची पढ़ी फिर कुछ देर रुक कर बोला, “वायु और आफिया” वाह ....। मै उसे देख मुस्कुरा दिया। फिर दोनो बातें करते-करते कब घर पहुँच गए कुछ पता ही नही चला, पर घर पहुँचते ही राजेश कुछ गंभीर होकर बोला, वायु ये तेरा यूँ इस तरह उसकी दुकान पर लगातार जाना ज्यादा दिन तक नही चल पाएगा, अब तुझे जल्द से जल्द उससे बात करना होगा, अगर उसके अब्बा को शक हो गया या किसी बात की भनक तक लग गयी, तो बवाल मच जाएगा। हाँ, राजेश, सोच तो मै भी यही रहा था, कि अब जो भी करना है जल्दी ही करना पड़ेगा।

लगभग चार पाँच दिन बाद फिर एक शाम हम दोनो उसकी दुकान पर चाय पीने जा पहुँचे। राजेश को मैंने पहले ही सब समझा रखा था कि तू बस उसके अब्बा को बातों में लगाए रखना बाकी सब मै संभाल लूंगा। वहाँ पहुँचते ही मैंने उसके अब्बा से राजेश का परिचय करवा दिया। मैंने उसके अब्बा से उसका परिचय कराते हुए कहा- जनाब ये मेरा मित्र है राजेश, यह भी मेरे ही साथ ही यहाँ फौज में है। उन्होंने राजेश से कहा- बहुत खुशी हुई आपसे मिलकर। तभी आफिया हम दोनो के लिए चाय ले आई। राजेश ने पीने से मना कर दिया और कहा- मै अभी ही पीकर आया हूँ जनाब, वो तो वायु अकेला ही बाज़ार की ओर आ रहा था

तो सोचा जरा इसके साथ टहल आऊं। मैंने एक कप अपने हाथों में ले लिया, जल्द ही चाय खत्म कर उसमे एक पर्ची डाल कर कप वापस कर दिया। आज फिर उसने वो पर्ची उठा अपने कपड़ो में छुपा ली। उसके बाद मै बनावटी अंदाज़ में राजेश से बोला, राजेश एक बार तू यहाँ की चाय पीकर तो देख, अगर सारे बाज़ार में तुझे इससे अच्छी चाय मिल जाए तो कहना, मै इसी लिए पूरे बाज़ार में सिर्फ इसी दुकान पर आया करता हूँ। राजेश बोला ठीक है वायु, अब जब तू इतनी तारीफ कर रहा है तो पीकर भी देख ही लेते हैं। क्या बात है राजेश, चलो इसी बहाने लगे हाथ तुम्हारे साथ हम भी एक चाय और पी लेंगे। आफिया अब समझ गई थी कि मुझे मेरी पर्ची का जवाब अभी ही चाहिए, इसीलिए वो हमारी बातें सुन तुरंत दुकान से बाहर की ओर निकल गयी। बाहर जाते ही उसने पर्ची निकाल कर पढ़ी तो उसमे लिखा हुआ था, आपसे मुलाक़ात का वक़्त कब तय होगा, उसने उसी पर्ची के दूसरी ओर कुछ लिख दिया और वापस कपड़ो में पर्ची छुपा, दुकान के अंदर आ गई। आते ही वो हमारे लिए फिर चाय ले आई, राजेश के कप में चाय थी और मेरे कप में पर्ची थी। मैंने पर्ची निकाल कर जेब में रख ली, चाय खत्म कर राजेश बोला, वायु सच ही कहा था तू ने यहाँ की चाय का वाकई जवाब नही। यह सुन उसके अब्बा तुरंत बोले, तो फिर जनाब बार-बार मौका दीजिएगा।

राजेश ने कहा- जी जरुर।

फिर हम उसकी दुकान से घर की ओर निकल पड़े, थोड़े ही आगे चलकर मैंने जेब से पर्ची निकाल कर पढ़ी तो उसमे लिखा हुआ था, कल दिन में झेलम के किनारे पुल के नीचे

की तरफ। राजेश ने भी पर्ची पढ़ ली थी, वो पढ़ते ही बोला बधाई हो वायु, अब उम्मीद है कि तेरा कुछ भला हो जाए। राजेश ने आगे फिर कहा- वैसे अभी ज्यादा खुश भी मत होना तू, अभी तो ये शुरुवात है, लड़ाई बहुत लंबी है। इस बार मैने उसकी बात का जवाब नहीं दिया क्योंकि अब मुझे भी धीरे-धीरे वहाँ की कठिनाईयों का सोच कर चिंता सताने लगी थी। मै भी अब समझ रहा था कि उसे पाने के लिए मुझे बहुत मुश्किलो का सामना करना पड़ेगा, पर मै उसके लिए हर मुश्किल झेलने को तैयार था। एक तरफ अब हमारे रिश्ते को मुकाम पर पहुँचाने की फ़िक्र थी तो दूसरी इस बात की खुशी का ठिकाना ना था, कि कल मै उससे मिलने वाला था। कल मै अपने जिन्दगी की उस लड़की से मिलने वाला था जिससे मिलने के सपने मै खुली आँखों से ही देख लिया करता था, अब मेरे मन में कल उससे मिलने को लेकर बहुत बेचैनी होने लगी थी। मै सोच रहा था जैसे ही वो आएगी क्या कहूँगा उससे जिससे वो खुश हो जाए, तभी एक ख्याल आया कहीं वो आकर मुझे मना तो नही कर देगी, ना जाने ऐसे ही अजीबो गरीब ख्यालों से मन भरा जा रहा था। दिमाग ने एक बार फिर जैसे काम करना बंद कर दिया था। जैसे तैसे सोने गया तो आज जैसे नींद ही कही खो गई थी और आने का नाम ही ना ले रही थी। बड़ी मुश्किल से आखिर मै तीन बजे सो पाया, सुबह आँख खुली तो देखा सात बज चुके थे। नहा-धो कर तैयार हो सबसे पहले भगवान की फोटो के सामने जाकर बैठ गया, आज तक मैंने उनसे कुछ माँगा नहीं था पर आज पहली बार माँगने वाला था, कि भगवान ये लड़की जो मेरी ज़िन्दगी में

आई है, इसे मेरी ज़िन्दगी का हमसफर बना ही देना और हमे कभी अलग मत होने देना। पूजा करके उठा ही था कि उतने में राजेश आ पहुँचा, आते ही बोला वायु मै भी तेरे साथ चलूंगा, पुल पर खड़ा रह कर तुझे देखता रहूँगा, कोई भी खतरा भांपते ही तुझे इशारा कर दूँगा। मैंने उसे अपने साथ आने की सहमति का उत्तर दिया, राजेश के जाते ही मै इधर-उधर घूमने लगा, बार-बार मेरी निगाहे दीवार पर टंगी उस घड़ी की ओर ही जा रही थी, ऐसा लग रहा था मानो घड़ी आज सुबह से ही बंद पड़ी हो, अभी नौ ही बज रहे थे। बहुत देर तक मै कमरे में ही यहाँ से वहाँ टहलते रहा, ऐसा लग रहा था मानो सदियों से लगातार ही टहल रहा हूँ , एक बार फिर घड़ी की ओर देखा तो साढ़े नौ ही हुए थे। समझ नही आ रहा था आखिर ये वक़्त इतने धीरे क्यूं चल रहा था, या फिर लग रहा था आज वक़्त अपनी कीमत दिखा रहा था जिसकी कल तक मै परवाह नहीं किया करता था। जैसे तैसे बड़ी मुश्किल से बारह बज ही गये, समय देखने की ही देर थी कि उतने में राजेश भी आ गया, उसके आते ही दोनो झेलम की तरफ निकल पड़े। राजेश नदी पर बने पुल पर ही रुक गया और मै उस पुल के बाजू से एक पगडण्डी पर चलते हुए उसके नीचे की ओर से होते हुए झेलम के किनारे पर जा पहुँचा। वहाँ पहुँच कर मै इधर-उधर टहलने लगा, समय जैसे एक बार फिर कट ही नहीं रहा था, रात भी कुछ ऐसी ही बीती थी जैसे सदी की सबसे लंबी रात हो और अब यह कुछ पलों का इंतजार भी कई सालों के बराबर लग रहा था। यहाँ का प्राकृतिक नजारा इतना सुन्दर था, कि कोई भी इस नज़ारे को देख

उसी में खो जाए, पर मेरी आँखें तो जैसे उसी के इंतज़ार मे थी। मेरी पलकों ने जैसे झपकना ही बन्द कर दिया था, उनको बस इंतज़ार था तो अब सिर्फ उसके आने का। वो आते ही क्या कहेगी, कुछ बोलेगी या नहीं और ना जाने ऐसे कितने ही सवाल सोचते-सोचते लगभग एक घंटा बीत गया। अब ऐसा लगने लगा था जैसे वो नहीं आएगी, उम्मीद टूट रही थी। मेरी आँखें थोड़ी सी नम हो चली थी। सब धुंधला हो रहा था, जैसे कोहरे की चादर में धुंधली नज़रों से कुछ भी देख पाना मुश्किल सा हो जाता है। फिर भी ये आँखें तो उसी को ढूंढ रही थी। और तभी कोहरे कि सफेद चादर को चीरते कुछ धुंधला सा नजर आया। मैने अपनी पलकें दो तीन बार झपकाई, अब धुंध नहीं थी, सब कुछ साफ़ नजर आ रहा था। वो एक लड़की के साथ आती हुई दिखी, पहले से भी ज्यादा डूब जाने को मन करने लगा।

उसको आता देख मेरे अंदर जैसे नई ऊर्जा सी आ गई हो, जैसे मेरे शरीर में जान वापस आ गई हो। मेरी खुशी का ठिकाना ना था, यह सोच कर मै और भी खुश था कि मेरी उम्मीद और मेरे विश्वास ने जीत हासिल की है। वो अब मेरे बिल्कुल ही नजदीक मेरे सामने खड़ी थी। उसके साथ एक और लड़की थी, वो शायद मुझे देख रही होगी पर मेरी नजरें तो जैसे उस पर ही टिकी हुई थी। उसी ने पहल की और मेरी पलकों को मौका मिल गया आँखों को आराम देने का वरना मै तो इन आँखों को झपकने का भी मौका नहीं देना चाहता था। ना जाने कब यह झपक जाए और वो मेरे सामने से ओझल हो जाए और फिर मेरी आँख खुल जाए। यह सब मेरे लिए किसी सपने से कम ना था। उसने मेरी तरफ नजर उठाकर मुझे सलाम किया। मै होश में तो था

पर फिर भी मदहोश था, खुद को संभालते हुए मैने मुस्कुरा कर नमस्ते किया। फिर उसने कहा यह मेरी सहेली है जीनत, "सलाम", जीनत ने कहा। मैने उसे भी हाथ जोड़ कर नमस्ते किया। बस फिर सब अचानक ही शांत हो गया, सब एकाएक चुप हो गये, एक दम से सन्नाटा सा छा गया था वहाँ पर, ना वो समझ पा रही थी कि क्या बोले और ना कुछ मुझे समझ आ रहा था कि क्या बोलूं, मेरी निगाहे एक पल झेलम में बह रहे कंचन पानी को निहारती तो दूसरे ही पल सामने खड़ी उसकी सुन्दर काया को, पक्षियों की आवाज़, हवा की सरसराहट, बहती हुई झेलम की शांत कलकलाहट, सब कुछ सुनाई दे रही थी, सब मानो बातें कर रहे हों एक दूसरे से, बस हम ही दो थे जो एक दूसरे को निहारते हुए शांत खड़े थे।

लगभग दस मिनटो तक हम दोनो एक दूसरे को ऐसे ही देखते रहे, फिर तभी उसकी सहेली ज़ीनत बोल पड़ी, आफिया मै खड़े-खड़े थक गयी हूँ, तू बात कर मै यही पास में ही बैठी हूँ। और वो तुरंत वहाँ से हट कर थोड़ी दूर पर जाकर बैठ गई। ज़ीनत के जाते ही जैसे मेरी साँसे और तेज़ हो गई थी, धड़कने अपनी सारी सीमाएं तोड़ धड़क रही थी, समझ नही आ रहा था क्या मै सपना देख रहा था या यह सब हकीकत में हो रहा था, आज सचमुच ही वो मेरे सामने खड़ी थी। बड़ी मुश्किल से साहस जुटा उससे कुछ कहने ही वाला था कि तभी वो बोल पड़ी, देखिए आप हमे पहले ही दिन से बहुत नेक दिल इंसान मालूम हुए हैं, पर आप हमसे कुछ कह पाए उससे पहले ही हम आपसे कुछ

कहना चाहते हैं। थोड़ी देर रुक कर उसने फिर बोलना चालू कर दिया, वो बोली देखिए आप जैसा सोच रहे हैं वैसा हम दोनो के बीच कभी नही हो पाएगा, ऐसा नही है कि आप में कुछ कमी है, पर हम दोनों ही कहीं से कहीं तक किसी भी रिश्ते में बंधने लायक नही हैं। हमारा मजहब अलग है, हमारे रीति रिवाज़ और यहाँ तक हमारा रहन सहन का ढंग तक अलग है, मै यहाँ बस इसीलिए आई हूँ कि आपको समझा पाऊं कि आप अब मेरी दुकान पर आना बंद कर दीजिए और फिर कभी आगे से मुझसे मिलने की कोशिश भी मत करिएगा, इसी में हम दोनो की भलाई होगी, और अगर आपकी इस नादानी का धोखे से भी अब्बा या किसी और को शक हो गया तो आप सोच भी नही सकते क्या गज़ब हो जाएगा और मै यह भी नही चाहती की मेरी वजह से आप किसी तकलीफ में फंसे। मै उसकी बातें सुन स्तब्ध खड़ा रहा, मै सोच रहा था आते ही प्यार की बातें होंगी, कुछ मैं अपना सुनाऊंगा, कुछ वो अपना सुनाएगी, पर एक दूसरे के बारे में बात करना तो दूर, वो तो रिश्ता शुरू होते ही खत्म करने पर तुली थी। बातें तो मेरे मन में भी बहुत सारी थी उससे करने को, पर कहाँ से शुरुआत करूँ कुछ समझ ही नहीं आ रहा था, उसने तो एक साँस में वो सब कह दिया था जो मैने अभी तक सोचा भी ना था। मै उससे क्या कहूँ, अपने प्यार का इजहार करूँ, उसे मनाऊं, या उसे समझाऊं, इसीलिए पहले तो मैने आँखें बंद की थोड़ा शांत हुआ और आँखें खोली तो वो अपनी मासूम आँखों से मुझे इस तरह देख रही थी जैसे कोई बच्चा निहार रहा हो। उसकी आँखें बता रही थी कि वो मेरा जवाब सुनना चाहती थी, मै

मुस्कुराया और बोला "देखो आफिया मै ये मज़हब वगैरह की बातें तो नही मानता, पर हाँ, यह जरूर जनता हूँ कि मुझे बहुत मुश्किलो का सामना जरूर करना पड़ेगा पर मेरे लिए जो सबसे ज्यादा जरुरी है, वो यह है कि मै तुम्हे बेहद प्यार करता हूँ और अब तुम्हारे बिना रह नही सकता। मै तुम्हारे बिना एक मरे हुए इंसान की तरह जिन्दा रहूँ इससे तो अच्छा है मै तुम्हे पाने की कोशिश में मारा जाऊं, कम से कम सुकून से मर तो सकूँगा, और जहाँ तक बात रहेगी तुम्हारे मजहब की और लोगों की, तो तुम्हारे लिए मै सबसे बात करने को तैयार हूँ और जरूरत पड़ी तो लड़ने को भी। वो मुझे तुरंत रोकते हुए बोली- आखिर किस-किस से लड़ेंगे, आप समझते क्यूं नही हैं, आप एक हिन्दू लड़के हो और मै एक मुसलमान, और हमारे मजहब में एक काफ़िर से रिश्ता रखना मतलब सबसे बड़ा गुनाह कर देना, आपसे मै ज्यादा कुछ तो कह नही सकती इसीलिए आपसे हाथ जोड़कर कहती हूँ, समझ जाइए इसी में हम दोनो की भलाई है। मैंने उससे फिर कहा- देखो आफिया अब मेरे पास समझने के लिए कुछ नही बचा है, पहली बार जब तुम्हे देखा था तभी अपना बनाने की ज़िद पाल ली थी, उस दिन से ही मै पागलों की तरह तुम्हे पाने का फितूर लिए घूम रहा हूँ। आज तक मेरी पूरी जिंदगी में सिर्फ तुम्ही वो लड़की मिली हो, जिसमे मैंने अपना परिवार देखा है। मै बहुत छोटा ही था, जब मेरे माँ-बाप मुझे छोड़ कर चले गए थे, जीवन में बहुत मुश्किलो का सामना कर यहाँ तक पहुँचा हूँ, शायद जिसकी तुम कभी कल्पना भी नही कर सकती, अगर अब तुम भी मेरा साथ छोड़ दोगी तो कहाँ जाऊँगा मै और मेरा

यकीन मानो, तुम्हे जबरदस्ती पाना मेरा मकसद नही है, बस प्यार इतना है कि खुद को बताने से रोक नही पा रहा हूँ। और एक बात तुमसे पूछना चाहता हूँ, अगर तुम्हे मुझसे प्यार नही है तो फिर आज तुम इतना खतरा मोल ले यहाँ मुझसे मिलने क्यों आई, आखिर क्या वजह थी जो तुम्हे मेरी जान की फिक्र सता रही है, यह सब प्यार नही तो और क्या है आफिया, कम से कम अब तो झूठ मत बोलो।

मेरी बातें सुन उसकी आँखों में आँसू उतर आए, धीरे-धीरे एक-एक बूंद उसके गुलाबी गालो से बहते हुए नीचे जमीन पर गिरने लगे, उसको रोता देख मैंने अपने हाथ उसके आँसू पोछने को बढ़ा दिए। जैसे ही मेरे हाथों ने उसके गाल को स्पर्श किया, बेचारी छोटी बच्ची की तरह बिलखती हुई मेरी छाती से आकर लिपट गई और बच्चो की तरह बिलख-बिलख कर रोने लगी। उसके इस स्पर्श से मानो मेरे पूरे शरीर में हलचल सी मच गई थी, नसों में एक बार फिर खून तेज़ी से बहने लगा था, ऐसा लग रहा था मानो सारी कायनात मेरे आगोश में आकर सिमट गई हो। उसकी तेज़ चल रही साँसों-साँसों में जैसे हमेशा के लिए खो जाने का मन कर रहा था, एक बात तो समझ आ रही थी, उसके दिल में मेरे लिए प्यार तो शायद मेरे प्यार से भी ज्यादा था, पर बेचारी इन समाज और मज़हब के दिखावे से डर रही थी, सोच रही थी कि कहीं यही सब मेरी जान के दुश्मन ना बन जाए, पर अब मुझे उसे संभालना था। बस फिर थोड़ी ही देर में वो मेरी बाहों से बाहर हो गई, उसके लगातार बहते हुए आसुओं ने मेरी शर्ट भीगा दी थी, यह

देखकर अपनी आँखों में आँसू लिये चेहरे पर मुस्कान भिखेरते हुए बोली, माफ कीजिएगा, हमारे कारण आपकी शर्ट गीली हो गई। उसकी बातें सुन मै मुस्कुरा कर बोला, अगर आपके खुदा ने कोई ऐसा संदूक बनाया होता जिसमे अगर ये गीली शर्ट रख दो तो उम्र भर गीली रहती, तो आज ही हर कीमत पर उनसे लेकर आ जाता। मेरी यह बात सुनते ही जैसे वो शर्मा गई, थोड़ी देर बाद दोनो पास ही पड़े हुए एक पत्थर पर जाकर बैठ गए। बैठे-बैठे मैंने उससे कहा- आफिया ! यह सब बातें तो होती रहेंगी, यह बताओ तुम्हारे परिवार में और कौन-कौन है। उसने तुरंत बड़े उत्साह से मुझे बताना शुरू कर दिया और बोली, अब्बा से तो आप दुकान पर मिल ही चुके हैं, बाकी घर पर दादी हैं, मेरी अम्मी हैं, एक छोटी बहन है रूही और एक हमारे बड़े भाईजान हैं,राशिद। अच्छा तो आपके भाईजान क्या करते हैं ?

वो बोली, वो हमारे सेव के बगीचे संभालते हैं। कभी मिलवा दीजिए उनसे, मेरे मुँह से इतना सुनते ही वो तुरंत कहने लगी, मुझे उन्ही का तो सबसे ज्यादा डर है, एक घड़ी मेरे अम्मी और अब्बा हमारे लिए तैयार हो भी जाएँ, पर राशिद भाईजान कभी नहीं मानने वाले। एक तो उन्हें काफिरों से नफरत है, ऊपर से आप फौजी भी हैं, वो किसी भी हालत में हमे मंजूरी नही देंगे। मै उसकी बात बीच में ही काटकर बोला, भरोसा रखो मुझपर, हम मना लेंगे आपके भाईजान को भी। फिर उसने भी थोड़ी राहत की साँस लेते हुए हल्का मुस्कुरा कर कहा, देखते हैं वो कैसे मानते हैं, वक़्त बताएगा यह तो।

फिर उसने मुझसे पूछा- आपका कौन-कौन है इस दुनिया में, मै उसकी आँखों में देख कर बोला अभी तो मेरी जिंदगी में दो ही लोग हैं, वहाँ देखो नदी के पुल पर वहाँ एक लड़का खड़ा है उसका नाम राजेश है, एक वो है और एक जो मेरे सामने बैठी है मतलब तुम, बस अभी तुम दो ही लोग हो मेरे जीवन में, बाकी मेरे परिवार में इसके अलावा एक अम्मा है जिसने मुझे थोड़े ही समय में माँ के प्यार का एहसास दे दिया था और दो दोस्त भी हैं, पर पता नहीं वे अभी कहाँ होंगे, बस इन लोगो को छोड़ कोई नही है मेरे इस जीवन में। मेरा जवाब सुन वो मेरी आँखों में देखने लगी, थोड़ी देर रुक कर बोली- आप हमे भूल नही सकते हो क्या, पता नहीं क्यूँ इतने कम दिनों में और कुछ चंद ही मुलाकातों में हम आपको हमारी जान से भी ज्यादा प्यार करने लगे हैं और हम अब आपको किसी भी कीमत पर खोना नही चाहते। हम आपसे प्यार करते हैं बस यही काफी नही है क्या आपके लिए ? आप क्यों अपनी जान झोखिम में डाल रहे हैं ? आप यहाँ से कहीं दूर नही जा सकते क्या ? उसकी बात सुन मै बोला, झोखिम कैसा आफिया मेरे इस जीवन में तुम्हारे सिवा है ही कौन, अगर अब तुम ही ना रहोगी इस जीवन में, तो फिर यह जीवन किस काम का, इसीलिए मै इसे झोखिम में डालना ही ज्यादा बेहतर समझता हूँ।

मेरी बात सुन वो फिर बोली- आप सचमुच बहुत ज़िद्दी हैं, आप नही मानने वाले।

मैने फिर कहा- अब किसी भी कीमत पर नहीं मानूंगा।

तभी वो बोली- अच्छा बहुत देर हो गई है, आपसे बात करते-करते तो वक़्त का कुछ पता ही नहीं चला, अच्छा तो अब हम जा रहे हैं अम्मी हमारा इंतज़ार कर रही होगी।

मै बोला ठीक है, आप जाइए, शाम को फिर मिलूंगा आपसे दुकान पर। इतना सुनते ही वो तुरंत तुनक कर बोल पड़ी, जी नही.... आपको शाम को दुकान पर मिलने की कोई जरूरत नही है, आप कोई बात समझते क्यों नही हैं, अब्बा को शक करवा कर ही दम लेंगे क्या ?

मै तुरंत बोला, ठीक है....ठीक है.... नहीं आऊँगा, गुस्सा मत कीजिए, पर कम से कम ये तो बता जाओ कि अब हम कब मिलेंगे ?

वो बोली- परसो यहीं पर......।

उसका जवाब सुन मै मुस्कुरा दिया। वो जाने के लिए पीछे मुडी ही थी कि मैंने उसका हाथ पकड़ लिया, और उसका गुस्सा शांत करने के लिए एक शायरी अर्ज कर दी............

रुखसत ना हो तू मुझसे अभी,
अभी तो तुझे मेरे इश्क़ से, वाकिफ कराना बाकी है।
डूब जाने दे आज इन निग़ाहों में तेरी,
अभी तो साँसों को साँसो से मिलाना बाकी है॥

इतना सुनते ही वो मुस्कुराते हुए बोली, वाह.... जनाब तो शायरी भी करते हैं.... आप।

मैंने कहा- सब तुम्हारे इश्क़ का ही असर है।

वो फिर मुस्कुराते हुए बोली- अच्छा है आपको असर ज्यादा ना हुआ वरना फिर फौज में काम कौन करता।

उसकी बातें सुन मै मुस्कुरा दिया, फिर थोड़ी ही देर में वो मुझसे विदा ले अपनी सहेली जीनत को साथ ले वापस लौट गई।

जैसे ही मै पुल पर वापस लौटा राजेश खड़ा मेरा इंतज़ार ही कर रहा था, मेरे पास आते ही बोला "खुदा का शुक्र है, जो आशिक़ को अपने यार की खबर तो आई", इतना सुन मैंने भी उसे उसी अंदाज़ में राजेश को जवाब दे दिया, "यह मेरे यार की ही सौगात थी, जो आज मेरी आशिक़ी रंग ले आई"।

इतना सुनते ही वो मुस्कुरा दिया और बोला चलो आप आ तो गए, नही तो मुझे लग रहा था यहाँ से कल सुबह ही जाना हो पाएगा।

खैर ये सब हटा, ये बता, क्या बोली आफिया ? वो बेचारी बहुत डरी हुई थी राजेश, हमारे रिश्ते को लेकर। कहती है, कोई नही मानेगा हमारे लिए और हम दूर ही रहें, इसी में हम दोनो की भलाई है। पर मैंने भी उसके सामने अपने दिल की एक-एक बातें खोल कर रख दी। राजेश आज एक बात तो पता चल ही गई कि इश्क़ मजहब उम्र या रंग-रूप देख कर नही होता, वो तो बस जिससे होना होता है हो ही जाता है, तय हमे करना होता है कि उसे निभाना है या फिर अधूरा ही छोड़ देना है, और मेरी नज़र में अधूरा छोड़ना सबसे आसान होता है, पर जो उसको उसके अंजाम तक पहुँचा दे वही सच्ची आशिक़ी होती है वही सच्चा प्यार होता है।

राजेश बोला- वायु मुझे बहुत खुशी है, कि वो भी तुझे चाहती है पर देख मै भी तुझसे हमेशा यही कहता था, जो

आज तुझसे आफिया ने कहा, कि कहीं तेरा ये फितूर ही तेरी जान पर ना ले आये और तू कितनी भी कोशिश कर ले वायु, ये लोग नही मानने वाले तेरे रिश्ते को, इनकी नज़रो में तुम केवल मुज़रिम ही कहे जाओगे और फिर ऊपर से तू तो फौज में भी काम करता है, जिसे ये अपना सबसे बड़ा दुश्मन मान बैठे हैं, इन लोगों से जूझना इतना आसान नहीं होगा वायु।

उसकी बात सुनकर मैने कहा- दोस्त अभी हमने कोशिश ही नही की, तो हार कैसे मान ले, पहले एक बार कोशिश करके तो देखें।

राजेश बोला- ठीक है वायु मै हमेशा तेरे साथ हूँ, पर सिर्फ तब तक, जब तक तेरी राह सही रहेगी। बस फिर वहाँ से हमे घर वापस आते-आते शाम पाँच बज गए थे। सूरज फिर एक बार रोज़ की तरह ढलने को तैयार हो चुका था, आसमां भी रात की चादर ओढने को तैयार था और मै भी अपनी इन सुनहरी यादों में एक बार फिर खो चुका था।

८

अगले दिन सुबह सो कर उठा ही था कि राजेश मेरे कमरे में आ गया और आते ही बोला- वायु, जल्दी तैयार हो, हमे आज ही कुछ सामान लेकर श्रीनगर जाने को कहा गया है। उसके मुँह से इतना सुनते ही, मै झट उठ बैठा और सीधे तैयार होने लगा, और फिर कुछ ही समय बाद हम श्रीनगर की ओर निकल पड़े। वहाँ पहुँच कर पता चला, कि वहाँ से भी कुछ सामान लेकर हमे अनंतनाग की ओर निकलना है और वहाँ से वापस बारामूला आते-आते हमे चार पाँच दिन तो लग ही जाना था। मन में तभी ख्याल आया कि उसने कल मिलने को कहा था, बेचारी कल बेवजह ही मेरा इंतज़ार करती रहेगी, अगर मुझे पहले पता होता तो उसे दुकान जाकर ही बता आता, खैर वापस जाकर उसे हर हाल में मना ही लूंगा।

जब वापस बारामूला पहुँचे तो पाँच दिन बीत चुके थे, दोपहर का वक़्त हो रहा था और बर्फ पड़ने के कारण मौसम कुछ ज्यादा ही सर्द था।

थोड़ी देर आराम कर शाम होते ही मै उसकी दुकान की ओर चल पड़ा, जैसे ही वहाँ पहुँचा तो वो सामने ही खड़ी थी। जैसे उसकी आँखें मेरे ही दीदार के इंतज़ार में थी, मेरे पास पहुँचते ही उसने मुझे घूर कर देखा, उसे यूँ देख मै समझ चुका था कि उसका गुस्सा बहुत चढ़ा हुआ है और अब ये मामला आराम से नही सुलझने वाला। तभी उसके अब्बा की नज़रे मुझ पर चली गयी और मुझे देखते ही बोले- अरे

वायु मियां क्या बात है, आज बहुत दिनों बाद आना हुआ आपका।

हाँ, जी जनाब, वो अचानक काम से अनंतनाग जाना पड़ गया था, बस आज ही लौटा हूँ वहाँ से, तो सोचा बहुत दिन हो गए थे बाज़ार ना घूमे हुए तो क्यूँ ना घूम आऊं। बहुत ही बढ़िया सोचा आपने मियां, इतना कहकर उन्होंने आफिया को मुझे चाय देने को कहा। थोड़ी ही देर बाद मुझे गुस्से में घूरते हुए वो मेरे हाथो में चाय पकड़ा कर चली गई, आज की चाय, चाय कम जहर ज्यादा लग रही थी, उसने शायद जानबूझ कर गुस्से में कुछ ऐसी चाय बनाई थी, जो पिलाए ना पी जा रही थी। उसकी चाय के स्वाद से ही मुझे उसके गुस्से का अंदाज़ा लग रहा था, बड़ी मुश्किल से चाय खत्म कर, मैंने उस खाली कप में फिर एक चिट्ठी डाल उसे वापस कर दिया। उसने हमेशा की तरह उसे झट से उठाकर अपने कपड़ो में छिपा लिया। फिर उसके अब्बा से विदा ले मै घर वापस आ गया, उसको दी चिट्ठी में मैंने अपने ना आने का माफीनामा और कल फिर झेलम किनारे मिलने की गुज़ारिश की थी और मुझे पूरी उम्मीद थी की गुस्सा शांत होने पर वो कल जरूर आएगी।

अगले दिन बारह बजते ही राजेश और मै झेलम की तरफ निकल पड़े, जैसे ही वहाँ पहुँचा तो देखा आज वो पहले से ही वहाँ अकेली खड़ी हो मेरा इंतज़ार कर रही थी। उसको यूँ खड़ी देख मै तुरंत भागता हुआ उसके पास पहुँचा और नजदीक पहुँचते ही पूछा आज आपकी दोस्त दिखाई नही दे रही है ? उसने मेरी बात का कुछ जवाब नही दिया और बस मुझे गुस्से में ही घूरती रही। कुछ देर बाद मैने उससे फिर पूछा- आज अकेली ही आई हैं क्या आप ? इस

बार उसने तुरंत ही गुस्से में मुझे जवाब दिया, नही पूरा बाज़ार साथ ले कर आई हूँ दिख नही रहा क्या आपको ? उसकी बात सुन मै समझ गया था कि गुस्सा अभी शांत नहीं हुआ था इसीलिए मैंने तुरंत अपनी सफाई देनी चालू कर दी। देखो आफिया मुझे खुद नही पता था कि वापस आते-आते इतने दिन हो जाएंगे और सच बताऊं तो तुमसे ज्यादा फिक्र तो मुझे रहती है अपने मिलने की। बड़ी मेहरबानी रहती है आपकी, उसने मुझे फिर रुखा सा ही जवाब दिया। मैंने कहा... चलो अब तुम ये गुस्सा थूक भी दो, वैसे भी हमारे पास ज्यादा बात करने के लिए वक़्त ही कहाँ रहता है। इतना कह मैंने उसके हाथो में कुछ कपड़े और कंगन रख दिए, जो मै उसके लिए श्रीनगर से लौटते वक़्त लाया था। ये सब देखते ही वो बोली- यह क्यों ले आए आप ? अब बाहर गया था तो तुम्हारे लिए कुछ तो लाना ही था तो यह सब ले आया।

उसने फिर कहा- पर यह सब मै घर नही ले जा सकती, वो पूछेंगे तो क्या कहूँगी किसने दिए है मुझे। बोल देना तुम्हारी सहेली जीनत के हैं, कुछ ही दिनों में वापस ले लेगी तुमसे, मैंने उसे तरकीब सुझाते हुए कहा। पहले तो उसने कुछ देर तक सोचा फिर बोली ठीक है। पर इससे आप ये मत समझना कि मेरा गुस्सा शांत हो गया है, आपके कारण मै उस दिन शाम पाँच बजे तक पागलों जैसा इंतज़ार करती रही, सोचा देर हो गई होगी, अब आते होंगे बस थोड़ी ही देर में आते होंगे पर आप तो आये ही नही, फिर ना जाने मन में कैसे-कैसे ख्यालात आने लगे थे। जब कल आपको वापस दुकान पर देखा तब मानो जान में जान वापस आई

हो, नही तो तब तक तो साँस लेने में भी जैसे तकलीफ सी महसूस हो रही थी, खैर अब आपको अच्छा देख मन में तस्सली है। आफिया मै मानता हूँ तुम्हे परेशान करने का कसूरवार हूँ पर क्या करूँ नौकरी ही कुछ ऐसी है, पता ही नही रहता कब कहाँ जाना पड़ जाए। वो बोली, खैर अब आप ये सब छोड़िए, और ये बताइए आगे का क्या करना है, कुछ सोचा है क्या आपने ? अभी कुछ समय तक रूककर तुम्हारे अब्बा से अच्छे ताल्लुकात होंने का इंतज़ार करूँगा और जब एक बार अच्छे संबंध हो जाएंगे तो किसी भी दिन कोई मुनासिफ वक़्त देख कर उनसे तुम्हारा हाथ माँग लूंगा। वो मेरी बात सुन के सहमत थी और बहुत खुश भी।

उससे बातें करते-करते कब वक़्त बीत जाता था कुछ पता ही नही चलता था, दिन ब दिन हमारे मिलने का सिलसिला बढ़ते ही जा रहा था। दोनो पर प्यार का रंग तेज़ी से चढ़ रहा था और अब एक दूसरे से बिना मिले मानो अब जीना नामुमकिन सा होने लगा था। अब इश्क़ भी अपनी गहराइयों तक पहुँचने को बेताब था, अब किसी बात का इंतज़ार था तो वो केवल हमारा रिश्ता पक्का होने का, अब आफिया भी मेरे बचपन से लेकर आजतक का सारा हाल जानती थी, वो अब मेरे जीवन के एक-एक पहलू से अच्छी तरह से वाकिफ थी और अब मेरे इस जीवन की ऐसी कोई बात ना थी जो उससे छिपी हो। जब भी मै उसे कुछ बताया करता, तो वो मेरी हर बात बड़े ध्यान से सुना करती और कभी-कभी तो भाव विभोर हो कर रोने भी लग जाया करती, अब कोई था मेरे इस जीवन में जिसे मेरे सुख दुख की परवाह थी और जिसे मेरे सुख दुख से फर्क पड़ता

था। अब धीरे-धीरे मुझे भी अपने जीवन से प्यार होने लगा था क्योंकि अब इस पर सिर्फ मेरा ही अधिकार नही बचा था, अब आफिया भी थी जो मेरी इस जिंदगी पर बराबर का हक रखती थी। अब तो इस जिन्दगी में बस एक ही सपना बाकी था और वो यही था कि जल्द से जल्द हमारा घर बस जाए और हम अपनी एक छोटी सी दुनिया बसा के एक नई ज़िन्दगी की शुरुवात करें। अब तो झेलम और उसके किनारे से भी एक अलग ही रिश्ता हो गया था, क्योंकि हमारे प्यार की सच्चाई और पवित्रता अगर किसी ने देखी थी, तो वो केवल यही एक नदी थी। अब मेरे लिए झेलम बस एक नदी नही थी बल्कि एक कभी ना भूलने वाला ज़िन्दगी का एक अहम हिस्सा थी।

९

उसके कुछ ही दिनों बाद मै फिर आफिया से मिलने झेलम के किनारे पर पहुँचा, उस वक़्त दोपहर के लगभग दो बज रहे होंगे, बहुत देर तक उसके आने का इंतज़ार में यहाँ-वहाँ टहलता रहा, पर आज उसका कुछ पता ना था। शाम होते तक अकेला ही वहाँ टहलता रहा, बस इस उम्मीद में कि शायद अब आती ही होगी। सूरज भी अब ढलने वाला था कि उतने मे ही राजेश ने वापस चलने का इशारा कर दिया। घर लौटते वक़्त मै सोच रहा था, आफिया सच ही कहती थी कि ना जाने कैसे-कैसे ख्याल आते हैं मन में जब कोई बिना बताए ना आ पाए। पर मेरे मन की बेचैनी अब कम होने का नाम ही ना ले रही थी, घर पहुँचा तो कुछ करने का मन ही नही हो रहा था, इसीलिए वहाँ से सीधे बाज़ार की ओर निकल पड़ा। वहाँ पहुँच कर सीधा उसकी दुकान के पास गया, देखा तो उसके अब्बा आज दुकान पर अकेले ही बैठे थे, आफिया का दुकान पर कुछ पता ना था। उनको यूँ अकेले बैठा देख मुझसे रहा ना गया और मै सीधा उनकी दुकान के अंदर जा पहुँचा।

मुझे दुकान पर देखते ही उसके अब्बा बोले, अरे वायु मियां आइए, पर आपसे माफी चाहूँगा, आज आपको चाय की पेशकश ना कर पाऊंगा। आफिया का हाल जानने के लिए मै उनसे बोला, अरे जनाब चाय नही मिलेगी तो क्या आपकी दुकान पर आपके साथ कुछ वक़्त बैठने भी नही देंगे

क्या ? वो तुरंत बोले, अरे कैसी बात कर रहे हैं आप, आइए तशरीफ लाइए ना।

बैठते ही मैंने उनसे पूछ लिया- क्या बात है जनाब, आज आप कुछ परेशान नज़र आ रहे हैं।

वो बोले, सही पहचाना है मियां, दरअसल आजकल हमारी बेगम की तबियत कुछ ठीक नही है, कल रात को ही अस्पताल में भर्ती करवाया है और ऊपर से सारे धंधे भी मंदे ही चल रहे हैं, तो पैसो की भी बड़ी किल्लत आन पड़ी है। जनाब आप बोले तो मै कुछ मदद करूँ। वो बोले, नही मियां आपका बहुत-बहुत शुक्रिया, पर मेरा बेटा राशिद कुछ ना कुछ बंदोबस्त कर ही लेगा। मैंने उनसे फिर पूछा- जनाब आपकी दुकान अभी और कितनी देर खुली रहेगी,? वो बोले अभी तो बैठा हूँ मै पर क्यूँ ? कुछ नही जनाब बस अपना बाज़ार में कुछ काम निपटा कर वापस आता हूँ। वहाँ से निकलते ही सीधे घर की तरफ निकल पड़ा, घर पहुँचते ही संदूक से रुपए निकाल वापस बाज़ार आ गया। मुझे वापस आते-आते काफी देर हो चुकी थी पर उसके अब्बा अभी भी दुकान पर बैठे ही हुए थे, मुझे फिर अपनी दुकान के सामने देखते ही बोले, अरे क्या बात है वायु आज आप इतनी रात तक बाज़ार में ही हैं ? जी जनाब बस आपसे ही मिलने आया हूँ। वो बोले- हाँ, तो फरमाइए। उनके इतना कहते ही मैंने मेरे जेब में रखे नोट निकाल कर उनके हाथ में रख दिए। मेरे द्वारा उनको यूँ रूपए दिए जाने से वो तुरंत थोडा झिझकते हुए बोले, नही वायु मै यह नही ले सकता और वैसे भी मेरा बेटा राशीद तो इंतज़ाम कर ही रहा है। मैंने उन्हें समझाते हुए कहा, जनाब आखिर इंसान ही इंसान के बुरे वक़्त में काम ना आएगा तो कौन आएगा, आखिर

इंसानियत नाम की भी तो कोई चीज़ होती है और वैसे भी मै ये आपको खैरात में तो दे नही रहा, जब आपका बेटा बंदोबस्त कर दे, तो आप मुझे लौटा दीजिएगा। मेरी बातें सुन उसके अब्बा ने वो रूपए रख लिए और फिर उनसे विदा ले मै वापस घर की ओर निकल पड़ा।

अब मै रोज़ उससे जल्द से जल्द मिलने की उम्मीद में झेलम के किनारे जाया करता था, पर उसका कुछ पता ना था। लगभग चार दिन बाद दोपहर के करीब एक बज रहे थे वो मुझे थोड़ी दूर पर आती हुई दिखी, उसे देखते ही जैसे मेरी खोई हुए ख़ुशी लौट आई थी, जैसे मेरी जान में जान एक बार फिर वापस आ गई थी। उसने मेरे नज़दीक आते ही कहा आपका बहुत-बहुत शुक्रिया, अगर आप ना होते तो आज घर पर कुछ ठीक ना होता। मैंने बीच में ही टोकते हुए तुरंत उसका हाथ पकड़ कर कहा- अब अपनो को भी शुक्रिया करने का रिवाज़ कब से शुरू कर दिया आप लोगो ने, जो कुछ मेरा है क्या उस पर तुम्हारा हक़ नही है, तो फिर ये शुक्रिया कैसा ? उसे जैसे अपनी गलती का तुरंत ही एहसास हो गया था, इसीलिए वो तुरंत ही बोल पड़ी माफ कीजिएगा।

खैर बाकी सब बातें बाद में सबसे पहले ये बताओ कि अब तुम्हरी अम्मी की तबियत कैसी है ?

वो बोली- पहले से काफी अच्छी है और कल शाम को अस्पताल से घर भी आ गई है। मैंने कहा- बहुत खुशी हुई ये सुन कर। वो फिर बोली अब्बा घर पर आपकी बहुत तारीफ कर रहे थे, कह रहे थे कि बहुत ही नेक दिल लड़का है वो फौजी, पर जैसे भाईजान कुछ भी सुनने को तैयार ही ना थे,

बोल रहे थे जैसे ही बंदोबस्त कर दूँगा तो उस फौजी के रुपए तुरंत वापस कर देना। मै बोला, ठीक है उदास मत हो वक़्त आने पर आपके भाईजान को भी मना लेंगे। मेरी इतनी बात सुन वो मुस्कुरा कर मुझसे लिपट गई और बोली हम एक तो हो जाएंगे ना वायु ? तुम्हे मुझ पर विश्वास है ना आफिया ?

वो बोली- तभी तो आज यहाँ आपके पास हूँ। मै भी तो बस इसीलिए बोल रहा हूँ आफिया, भरोसा रखो मुझ पर, मै वादा करता हूँ, हम एक दिन जरूर एक होंगे। बस फिर हम वहीं नदी के किनारे पर बैठे-बैठे अपनी बातों में ही खोते चले गए।

आफिया से मुझे मिलते हुए इतने दिन बीत गए थे पर शायद ऐसा एक दिन भी ना था जिस दिन राजेश मेरे पीछे-पीछे ना आया हो। उसे देखकर हमेशा लगता था, भगवान अगर किसी को दोस्ती से नवाज़े तो हर किसी को राजेश जैसा ही दोस्त दे। कुछ देर तक हमारी बातें यूं ही चलती रही कि तभी आफिया बोली आज हम आपके लिए खाना ले कर लाए हैं, मैंने जवाब दिया... लाई हो तो अपने हाथों से खिला भी दो तो बड़ी मेहरबानी होगी। अपने हाथो से मुझे पहला ही निवाला खिला कर पूछी.. कैसा है ?

मैंने जवाब दिया- मन तो कर रहा है, कि आज ही खाना बनाने वाली को अपने साथ उठा कर ले जाऊं और दोनो वक़्त का खाना बनवाने लगूँ।

वो बोली- ठीक है, आज ही अब्बा से बोल कर रूही को हमेशा के लिए भिजवा दूंगी आपके घर। उसकी ये बात सुन दोनो हसने लगे, तभी अचानक लगा जैसे कोई मुझे पुकार रहा था, ध्यान से सुना तो वो राजेश की आवाज़ थी। वो

लगातार अपने हाथ हिलाता हुआ चिल्ला रहा था, वायु संभाल अपने आप को। उसको यूँ चिल्लाते देख मै तुरंत खड़ा हो उठा, पर इससे पहले मै कुछ समझ पाता किसी ने मेरे सर पर ज़ोरदार तरीके से लोहे की रॉड दे मारी। सर पर रॉड पड़ते ही खून तेज़ी से बहने लगा और मै सीधा अपना सर पकड़कर ज़मीन पर बैठ गया। मुझे मारने वाले से आफिया तुरंत झूम गई और जोर-जोर से चिल्लाने लगी भाईजान छोड़ दो इसे, नही तो मै मर जाऊंगी, भाईजान....,छोड़ दो इसे। वो उसे घूरकर तेज़ आवाज़ में कहने लगा- अच्छा तो ये है अब्बा और तेरा नेक दिल फौजी। अब मेरी इन आँखों में भी धीरे-धीरे दिखना जैसे कुछ कम सा हो रहा था, राजेश तीन चार जवानों को साथ ले तेज़ी से मेरी ओर दौड़ा चला आ रहा था। सर से खून बहने के कारण मै अपना सर पकडे जमीन पर ही बैठा हुआ था कि तभी अचानक एक बार फिर किसी ने मेरे सर पर पीछे की ओर से रॉड दे मारी। इस बार सर पर वार होते ही मेरी आँखें बंद हो गई और मै बेहोश हो कर ज़मीन पर गिर पड़ा, और मेरे सर से खून बहकर तेज़ी से नदी की ओर जाने लगा। आँखों के सामने सब धुंधलाता जा रहा था, कानो को बस राजेश की चीख और आफिया की सिसकियां सुनाई दे रही थी, बेहोशी में भी पूरा होश नहीं खोया था मैने, जैसे ही राजेश और उसके साथी जवान नज़दीक पहुँचे तो राशिद और उसके साथी भाग खड़े हुए, आफिया मुझे रोते हुए होश में लाने की लगातार कोशिशें कर रही थी। राजेश और बाकी जवान मेरे पास पहुँचते ही मुझे उठा कर अस्पताल ले कर भागे, आफिया भी कुछ दूर तक उनके साथ दौड़ती

हुई आई पर फिर अचानक बीच में ही रुक कर एक जगह बैठ कर रोने लगी। आज झेलम का पानी भी शांत था, जो अक्सर कलकल करते बहा करता था, अक्सर दोनो के प्यार की बातें सुनने वाली, नदी आज हमारी चीखे सुन रही थी। साफ आसमानी रंग का पानी आज मेरे खून से रंग लाल हो रहा था। आज जैसे झेलम भी उदास थी, पर बेचारी ना ही कुछ कर सकती थी और ना ही किसी से कुछ कह सकती थी।

१०

अस्पताल में भर्ती होने के लगभग छह दिनों बाद मुझे होश आया, जैसे ही आँखें खुली तो राजेश मेरे सामने कुछ ही दूरी पर खड़ा था, सर में दर्द बहुत था और एक बहुत मोटी सी पट्टी से मेरा सर चारो ओर से बंधा हुआ था।

जैसे ही मैंने राजेश को आवाज़ दी, वो फौरन मेरी ओर आया, मुझे होश में देखते ही बोला- आशिक़ को आशिक़ी का तोहफा मुबारक हो। मै उसे इस वक़्त कुछ कहना नहीं चाहता था इसीलिए शांत रहना ही ठीक समझा। थोड़ी देर बाद मैंने उससे पूछा, आफिया कैसी है राजेश। वो बोला- ठीक है, बेचारी रोज़ तुझे देखने आती थी और घंटो यहाँ बैठे रहती थी। उसके ठीक होने की खबर सुनकर मैंने राहत की साँस ली। तभी राजेश फिर बोल उठा, देख वायु मैंने तुझे कितना समझाया था, कि मत कर यह सब पर तू नही माना और आज उसी का नतीजा भुगत रहा है, वायु अभी भी समय है कुछ नही बिगड़ा है, अपनी नही तो कम से कम उस लड़की की तो फिक्र कर। कल उसे कुछ हो गया तो तू कभी खुद को माफ कर पाएगा क्या और अब तो वो बेचारी लड़की भी बहुत घबराई हुई है, उसका तो घर से निकलना भी बंद हो गया है। वो तो भला हो उसके अब्बा का जो आज भी उसका साथ दे रहे हैं, और वायु अब बात पहले जैसी बिल्कुल भी नही रही, इतने दिनों में तुम दोनो के प्यार का किस्सा पूरी घाटी में आग की तरह फैल गया है।

आफिया के घर वालो को भी यहाँ के लोगों द्वारा अपनी लड़की को काबू में रखने की हिदायत दी जा रही है, और काबू में नहीं रखने पर अंजाम भुगतने को तैयार रहने को कहा गया है और तो और इस कारण से उन्हें बाज़ार में फिलहाल अपनी दुकान तक बंद करनी पड़ी है। अब तुझे ही सब खत्म करना होगा मेरे दोस्त, रिश्ता तो दूर अब तो यह चोरी छुपे मिलना भी तुम दोनो के लिए मुनासिफ नही होगा।

उसकी बातें सुन मुझसे रहा ना गया और मैंने मुस्कुराते हुए अपने शायराना अंदाज़ में उसे जवाब दिया ....|

"हैं वार जो सबने किए, संगीन मेरे इश्क़ पर
घोल दूँगा फ़िज़ा में खुशबू, इश्क़ की तौहीन पर
इश्क़ की आँधी चलेगी, नफरतो की इस ज़मीन पर
बह उठेगी झेलम भी कलकल, उस शाम ए रंगीन पर......"

सच ही कहा राजेश तू ने, अब ये चोरी छुपे मिलना और बात करना सब बंद करना पड़ेगा, अब तो जो होगा सबके सामने होगा, अब तो जो भी बात होगी उसके घर जाकर बात होगी और सबके सामने ही होगी।

मेरे मुँह से इतना सुनते ही राजेश और तुनक पड़ा और बोला- वायु अभी भी यह फितूर नही उतरा है तेरे सर से, और इतना ही शौक है मरने का तो मर जा जाकर। वो कुछ देर रुक कर दोबारा बोला- तुझे पता है फौज ने तुझ पर जांच बैठा दी है, यहाँ से ठीक होते ही तुझे अधिकारियों के

सामने पेश होने को कहा गया है और उसी के बाद तू अब ड्यूटी जॉइन कर पाएगा। चलो राजेश कम से कम कुछ तो अच्छा हुआ, मैंने मुस्कुराते हुए उससे इतना कहा ही था कि उतने में ही अचानक आफिया आ पहुँची। मुझे होश में देखते ही उसकी आँखों से आँसू बहने लगे, फिर उसने भी मेरे पास आकर वही सब बातें कही जो थोड़ी देर पहले राजेश मुझसे कह रहा था। पर मैंने भी अपना फैसला उसे बता दिया था, कि अब मै जल्द ही उसके घर आकर उसके अब्बा से बात करने वाला हूँ, यह सुन वो बेचारी और घबरा गई, बोली ऐसा मत कीजिए कहीं आपके साथ कुछ गलत ना हो जाए। उसने मुझे बहुत समझाया पर मैं नहीं माना, फिर उसके जाते जाते मैंने उससे पूछा- तुम साथ तो हो ना मेरे ? उसने जवाब दिया- अपनी आखिरी साँस तक, इतना कह वो अपने घर वापस चली गई।

उसके चार दिन बाद मेरी अस्पताल से छुट्टी हो गई। वहाँ से छूटते ही सीधे अधिकारियों के सामने पेश होने पहुँच गया। उनके कमरे में घुसते ही सभी अधिकारियों को जय हिन्द किया, उन्होंने भी जय हिन्द कहा- उसके बाद वहाँ बैठे एक अधिकारी बोले, वायुजीत तुम पर फौज का अनुशासन तोड़ने का आरोप है, और तुम्हारी यहाँ के लोगों द्वारा यह शिकायत की गई है, कि तुम फौज का रौब दिखा कर यहाँ की एक लड़की से जबरन शादी करना चाहते हो।

मैंने उन्हें जवाब दिया, नही सर ऐसा कुछ नही है, मैंने किसी पर फौज का रौब नही दिखाया, मै तो बस उस लड़की से प्यार करता हूँ और वो भी मुझसे उतना ही प्यार

करती है और हम दोनो ही एक दूसरे से शादी करना चाहते हैं, अगर आप इजाज़त दें तो मै उसे आपके सामने लाकर सारा सच पेशकर दूँगा।

वो बोले- इसकी जरूरत नही है, हम सब समझते हैं और यहाँ के हालातों से भी अच्छी तरह वाकिफ हैं, पर देखो वायुजीत अब तुम भी यहाँ के हालत समझने लगे हो तो अब कोई ऐसा काम मत करना जिससे हमारी फौज का नाम बदनाम हो और जहाँ तक मै तुम्हारे बारे में जानता हूँ, तुम एक बहुत ही होनहार और योग्य लड़के हो, हम आशा करते हैं तुम हमारी बात समझ रहे होगे और अगर अगली बार कुछ हंगामा हुआ तो हमे मजबूरन ही तुम्हे फौज से निकालना पड़ेगा। उनकी बात सुन मैंने कहा- जी सर, जैसा आपने कहा वैसा ही होगा पर मेरी बस आप लोगों से एक गुज़ारिश है, आप मुझे बस एक बार उस लड़की के घर जाने की इजाज़त दे दें, मै वहाँ जाकर उसके घरवालो को मनाना चाहता हूँ। अगर वो नही माने तो मै आप लोगों से वादा करता हूँ, दोबारा ना उसके घर जाऊँगा और ना ही कभी उस लड़की से मिलूंगा। कुछ देर तक सोचने के बाद वो बोले, ठीक है एक बार जाकर देख लो और हाँ अकेले मत जाना पाँच छह जवानों को साथ ले जाना, मै उनको फिर जय हिन्द कर बाहर की ओर गया। बाहर आया तो राजेश दरवाज़े के बाहर खड़ा हो मेरा इंतज़ार ही कर रहा था, मेरे आते ही पूछा, क्या बोले ?

मैंने कहा- कुछ नहीं, बस पूछ रहे थे वायु बारात कब लेकर चलनी है, तो मैंने बता दिया जल्द ही जाना होगा। इतना सुनते ही वो मुझे गुस्से से घूरने लगा, उसको यूँ गुस्से

में देख मेरे मुँह से जोरदार हँसी निकल पड़ी, फिर थोड़ी देर तक उसे यूँ ही परेशान करने के बाद मैंने उसे सब सच-सच बता दिया।

अगले दिन सुबह के लगभग दस बज रहे थे, राजेश और मै फौज के पाँच जवानों के साथ बाज़ार की ओर चल पड़े, बाज़ार पहुँच कर हमे उसके घर का पता चला, वहाँ से हम सीधा उसके घर की ओर निकल पड़े। उसका घर पास की ही एक छोटी सी पहाड़ी के नीचे तरफ था, जैसे ही उसके घर के आँगन में पहुँचे तो वहाँ एक बूढ़ी औरत खटिया पर बैठ कर हुक्का पी रही थी, शायद उसकी दादी थी। हम सभी फौज वालो को देख घबराते हुए बोली क्या काम है ? मैंने उनसे पूछा, राशिद है ? वो तुरंत बोली, नही है वो घर पर, और कुछ नही किया है मेरे राशिद ने। मैंने उन्हें जवाब दिया, जी मुझे पता है कुछ नही किया है आपके राशिद ने, पर क्या मै उसके अब्बा से मिल सकता हूँ। तभी उसने घर के अन्दर की तरफ आवाज़ लगा दी, खालिद बाहर आ फौज के कुछ लोग आए हैं तुझसे मिलना चाहते हैं। उसकी पुकार सुनते ही घर से अम्मी-अब्बा और आफ़िया बाहर निकाल आई, आफिया के अम्मी-अब्बा को देख मैंने तुरंत हाथ जोड़कर उन्हें नमस्ते किया। मुझे देखते ही उसके अब्बा दौड़कर मेरे नजदीक आ गए और मुझे बैठने को कहा, थोड़ी देर बाद वो बोले, वायु एक बात कहूँ तो मुझे तुम पर पहले से ही शक था, पर तुम एक अच्छे लड़के थे इसीलिए बवाल खड़ा नही करना चाहता था, सोचा एक ना एक दिन यहाँ के हालत से वाकिफ हो तुम खुद ही समझ जाओगे पर मेरी बदकिस्मती से ऐसा हो ना सका। फिर एक दिन मेरे बेटे को

भी आफिया पर शक हो गया और वो उसका पीछा करते-करते तुम तक पहुँच गया और वहाँ उसने तुम दोनो को साथ देख लिया, बस फिर मौका देखते ही उसने अपने दोस्तो के साथ मिल तुम पर हमला कर दिया। उसके इस बर्ताव के लिए मै बहुत शर्मिंदा हूँ और उसके लिए तुमसे माफी माँगने में भी कोई हर्ज़ नही समझता हूँ।

मैंने हाथ जोड़कर उनसे कहा- आप किस बात के लिए शर्मिंदा हैं, आपने तो कुछ किया ही नही और जो भी किया हम दोनो के लिए अच्छा ही किया है। वो फिर बोले राशिद भी अब अपने किए गए काम पर शर्मिंदा है, वायु और उसे अब पछतावा भी है और तो और वो अभी तक पैसो का भी इंतजाम नही कर पाया, तो अब जाकर उसे समझ आया कि अगर तुम ना होते तो आज उसकी अम्मी जिंदा ना होती। उसे अब समझ आया है कि वक़्त आने पर कोई साथ नही देता है, और जो ऐसे वक़्त पर साथ दे दें वही अपना होता है। इतना कह उन्होंने राशिद को आवाज़ लगा दी, आवाज़ सुनते ही राशिद बाहर निकल आया, बाहर आते ही वो मेरे सामने हाथ जोड़कर माफी माँगने लगा, मैंने तुरंत उठकर उसे गले लगा लिया। यह सब देख आफिया बहुत खुश थी। शायद उसका सपना पूरा हो रहा था, तभी बीच में ही बोल पड़ी, अब्बू मै चाय बना कर लाती हूँ। जैसे ही वो अंदर गई, मैने उसके अब्बा से कहा, जनाब मै आपकी बेटी को बहुत पसंद करता हूँ और उससे शादी करना चाहता हूँ, और आपको यह यकीन दिलाता हूँ कि मै उसे हमेशा खुश रखूँगा। शायद जितनी प्यार और खुशी आपने दी होगी उतनी तो

नही दे पाऊंगा, पर हाँ यह वादा करता हूँ कभी कमी भी नही होने दूँगा।

मेरी बात सुनते ही वो बोले- वायु एक बाप अपनी बेटी की खुशी से ज्यादा चाहता ही क्या है, मेरा बस चले तो तुम्हे तुरंत इजाज़त दे दूं। पर बेटा मेरा मजहब मुझे यह इजाज़त देने से रोकता है, हमारा धर्म अलग-अलग है, रीति रिवाज़ अलग हैं, रहन-सहन का तरीका अलग है, तुम मुझसे सब कुछ माँग लो बस यह मत माँगो, नही तो मैं पूरी घटी में कहीं मुँह दिखाने लायक नही बचूंगा। वायु मै तुम्हारे हाथ जोड़ता हूँ तुम भूल जाओ आफिया को और मै यह नही चाहता कि तुम्हारे इस रिश्ते के कारण तुम्हे कुछ खामियाजा भुगतना पड़े और फिर मेरी बेटी को ताउम्र ही अपना जीवन बिना शौहर के बिताना पड़े। और बेटा मेरी अगर एक ही बेटी होती तो मै मेरी हर खुशी की परवाह किये बिना तुम दोनो का निकाह करवा देता, पर अभी मुझे आफिया के बाद रूही और राशिद का भी निकाह कराना है, उनकी भी ज़िम्मेदारी है अभी मेरे सर पर और फिर यहाँ के लोगों का क्या भरोसा दुकान तो बंद हो ही गई है, पता चले कल हम सब की जान ही ना ले लें।

आप चिंता मत कीजिए जनाब, एक बार मुझ पर भरोसा कर के तो देखिए सब ठीक हो जायेगा और मै आपसे वादा करता हूँ, आपके परिवार में किसी को कभी कुछ नहीं होने दूँगा, और जनाब जहाँ तक बात रही मज़हब की तो मै यह सब दिखावा नही मानता, आफिया शादी के बाद भी अपने खुदा को माने मुझे दिक्कत नही और मै जिन्हें मानता आया हूँ उन्हें मानूँगा। मुझे यह समझ नही आता जब दो लोग एक दूसरे से प्यार करते हैं और अपना सारा जीवन

साथ बिताना चाहते हो और जब इस नेक काम में उनके घरवाले भी राज़ी हो तो यह मज़हब के ठेकेदारो को क्या दिक्कत हो सकती है। आखिर किसने हक़ दिया है उन्हें दूसरों की जिंदगी के फैसले लेने का, वो हमेशा ऐसे ही लोगों को डराते आए हैं और आगे भी ऐसे ही डराते रहेंगे। पर कब तक ऐसा ही चलता रहेगा जनाब, कभी ना कभी किसी को तो आवाज़ उठानी ही होगी और फिर वो आवाज़ हमारी ही क्यों नही हो सकती ? और जहाँ तक बात रही आफिया को छोड़ने की तो मै इन नापाक मंसूबे वाले लोगों के लिए अपना प्यार किसी कीमत पर कुर्बान नही करूँगा।

मेरी बातें सुन वो बोले- वायु ऐसी बातें सिर्फ करने और सुनने में ही अच्छी लगती हैं और हाँ मै डरता हूँ उन लोगो से कि कहीं तुम दोनो को कुछ कर ना दें। यहाँ पर सब ऐसा ही होता है बेटा, इन वादियों में प्यार के लिए कोई जगह नही है और यहाँ के मज़हब और इनके कानून के ऊपर यहाँ कुछ नही होता। खैर वायु मुझे तो तुम पहले ही दिन से बहुत नेक दिल इंसान लगे थे, इसीलिए सब समझते हुए भी मैंने तुमसे कभी कुछ कहा नहीं, पर अभी तुम दोनो को लेकर पूरे कस्बे में माहौल कुछ ठीक नहीं है। इसीलिए कुछ दिन इंतज़ार करो, सब शांत होते ही मै तुम दोनो का निकाह करवा दूँगा, ये मेरा वादा है। पर तब तक तुम लोगों की भलाई के लिए तुम्हे एक वादा करना होगा, जब तक मै ना कहूँ तब तक तुम दोनो का यह मिलना जुलना सब बंद रहेगा, मैंने उनकी तरफ देख कर सहमति में अपना सर हिला दिया।

उनकी बातों से मै बहुत खुश था क्योंकि जिसकी मुझे चाहत थी अब वो जल्द ही मेरे घर आने वाली थी, मेरी

आँखें आफिया को तलाश करने लगी, वो वहीं दीवार की आड़ में खड़ी हो हमारी ही बातें सुन रही थी। हमारी बात खत्म होते ही वो चाय ले आई, चाय देते समय उसके मासूम चेहरे में खुशी साफ झलक रही थी, पर अब्बा के बैठे होने के कारण बेचारी कुछ कह ना सकी। सभी ने उसके हाथों की चाय पी, फिर उसके घर में सभी से विदा ले हम सब वापस घर आने को निकले।

उसके घर से निकलकर थोड़ी ही दूर पहुँचे थे कि राजेश ने मुझे गले लगा लिया और बोला, वायु मै आज बहुत खुश हूँ और मुझे गर्व है तेरे जैसे लड़के का दोस्त होने पर और मै भगवान से प्रार्थना करता हूँ कि हर प्यार करने वाले को तेरे जैसी ही हिम्मत दे, यह सब तेरे सच्चे प्यार का ही नतीजा है मेरे दोस्त। हम चलते-चलते ही बातें करते जा रहे थे और बात करते-करते पता ही नही चला कब घर पहुँच गए।

घर पहुँचते ही मै सीधे जाकर पलंग पर लेट गया, ऐसा लग रहा था मानो सब सपना देख रहा हूँ। जो कुछ भी सोचा था सब वैसा ही हो रहा था, सबसे ज्यादा खुशी इस बात पर थी कि अब उसका परिवार हमारी शादी के लिए राज़ी था। अब तो केवल सही वक़्त का इंतज़ार करना ही बाकी था, जब हम दोनो हमेशा के लिए एक होने वाले थे। ना जाने कितने ही सपने सजा रखे थे मैंने उसके लिए, उसकी हर खुशी से लेकर एक-एक छोटी-छोटी बातों के लिए सोच रखा था। वो सिर्फ मुझसे शादी कर मेरी पत्नी बनकर ही नही बल्कि पूरा परिवार बन कर आने वाली थी, उसे छोड़ अब मेरा इस जीवन में कोई था ही कहाँ जिसे मै परिवार कह सकता था, अब तो बस मुझे बेसब्री से घाटी में

माहौल शांत होने का ही इंतज़ार था। एक बात का बस अफसोस हो रहा था कि आखिर उससे बिना मिले मै इतने दिनो तक कैसे रह पाऊंगा, ना जाने किस धुन में उसके अब्बा को इस बात के लिए मैंने रजामंदी दे दी थी, इसका मुझे कुछ ध्यान ही नही रहा। आज ना जाने क्यों मुझे एक बार फिर मेरे अतीत के उन पन्नो की याद आने लगी थी, कि आखिर कैसे-कैसे यहाँ तक पहुँच पाया था मै। अम्मा, सेठ जी, शरद, रवि, सिनेमा वाले काका और अब मेरे लिए भाई से भी बढ़कर ये दोस्त राजेश, ऐसे ही ना जाने कितने लोगो का एहसान था मेरी इस ज़िन्दगी पर जिनके कारण ही आज मै यहाँ तक आ पाया था। सोच रहा था आज अम्मा यहाँ होती तो कितना खुश होती, कहती वाह रे वायु कितनी अच्छी बहू ढूंढ कर लाया है तू। इतना सोचते ही अलमारी में से एक कागज़ निकाल कर अम्मा को पत्र लिखने बैठ गया, मन तो कर रहा था अम्मा को जाकर ही ले आऊं पर अब उसे अपना बनाने तक यहाँ से एक कदम भी बाहर नही रखना चाहता था, क्या पता कल को मेरी गैर मौजूदगी यहाँ कोई नया तूफान ना ले आये, इसीलिए अम्मा को बस पत्र लिख कर ही पोस्ट ऑफिस में जा कर भेज आया।

११

दिन तेज़ी से बीत रहे थे और आफिया की उस दिन के बाद कोई खबर ना थी। मन उससे मिलने को बेचैन होने लगा था और आँखें उसके दीदार को जैसे तड़प रही थी। घाटी में सर्दी का मौसम जोरो पर था, बर्फ भी लगातार पड रही थी। मुझे ये बर्फीला मौसम अत्यधिक रोमाँचित करने वाला लगता था, मन सोच रहा था, कि काश आफिया से मिल सकता तो ये मौसम और भी कितना रंगीन हो जाता, इतना सोच कर मानो उसकी यादों का बवंडर मेरे दिमाग पर छा गया था। तभी मै उठा और सीधा राजेश के पास जा पहुँचा।

वो मुझे देखते ही बोला- क्या हुआ जनाब।

मैंने कहा- यार राजेश ! बहुत दिनों से आफिया की कोई खबर नही आई है, जरा जा कर पता तो कर वो ठीक है या नही ?

राजेश बोला- ठीक है, शाम होते ही उसकी दुकान चला जाऊँगा।

शाम होते ही राजेश उसकी दुकान पर जा पहुँचा और वहाँ उसके अब्बा से मिल आया और घर वापस आते ही बोला- सब ठीक है वायु, अब उनकी दुकान एक बार फिर खुल गई है, पर अब दूकान का काम आफिया की जगह राशिद संभालता है। और उसके अब्बा ने कहा है कि वायु को कहना सब्र करे, आफिया ठीक है और आजकल घर पर ही रहती है और यहाँ के लोग अभी भी हमारी तहकीकात करते रहते हैं। राजेश की बात सुन जैसे मेरे मन को तसल्ली

मिल गई थी, कि चलो धीरे-धीरे ही सही पर उसके घर पर सब ठीक हो रहा था।

घाटी में बर्फ पड़ना रोज़ ब रोज़ बढ़ते ही जा रही थी इस वजह से ठंड भी दिन ब दिन बढ़ने लगी थी, और ऊपर से काम का बोझ भी काफी बढ़ गया था। राजेश और मै लगभग सात दिनों बाद श्रीनगर से लौटे थे, कुछ पता ही नही चला कैसे दिन बीतते जा रहे थे।

अब तो लगभग एक महीने से भी ऊपर हो गया था, इतने दिनों से मैंने उसकी एक झलक तक नही देखी थी। दिल बेचैन हो रहा था उसे देखने को, तो बस मन में सोच लिया कि सुबह उठते ही हल्के अंधेरे में उसके घर घूम आऊँगा, इसी बहाने उसके घर पर सभी से मिलना भी हो जाएगा और उसे भी देख लूँगा। अगली सुबह उठते ही राजेश को साथ ले उसके घर की ओर निकल पड़ा, रास्ते में राजेश बोला वायु वैसे आज इतनी क्या पड़ी है मिलने की कुछ दिन इंतज़ार ही कर लेते। नही राजेश, बात इंतज़ार की नही है, बात है बस एक बार उसे देखने की, उसे देखकर उसकी खैरियत की तसल्ली करना चाहता हूँ, क्योंकि उसमे इतना सब्र नही था कि वो मुझसे बिना मिले इतने दिनों तक रह सके। इसीलिए बस एक बार उसे देख लूँ तो इस मन को आराम मिल जाएगा कि वो ठीक है।

राजेश बोला- अच्छी बात है वायु, चलो फिर आज देख ही लो उसे। थोड़ी ही देर में हम उसके घर पहुँच गए, जैसे ही उसके घर के अंदर घुसे तो उसके अब्बा बाहर ही खड़े दिखे, मानो सुबह-सुबह हमे यूं अचानक देख वो घबरा गए। अपने आप को तुरंत संभालते हुए बोले, अरे वायु आज

इतनी सुबह-सुबह, आओ तशरीफ लाओ। हम दोनो वहीं पास में ही पड़ी खटिया पर बैठ गए, हमारे बैठते ही उन्होंने आवाज़ लगाई, बेगम वायु मियां और उनके दोस्त आये हैं जरा बढ़िया सी चाय बना कर तो लेती आओ। इतना सुनते ही मै तुरंत बोला जनाब आफिया को बोल दीजिए उन्हें क्यों तकलीफ देते हैं आप। वो बोले- अरे ! वायु बेटा, मै तुम्हे खबर पहुँचाने ही वाला था, " आफिया कुछ दिन पहले ही अपनी खाला के घर घूमने गई है, बस एक दो हफ्ते में ही वापस आ जाएगी " इतना सुनते ही मैंने उनसे तुनकते हुए कहा- ऐसे कैसे भेज सकते हैं जनाब आप, वो भी बिना मुझे बताए, और जब हम दोनो को लेकर घाटी में माहौल गर्म है तो फिर ऐसे में आपने उसे भेजा ही क्यों ??

वो बोले- आफिया और मैंने बहुत मना किया था वायु, पर उसकी खाला मानी ही नही, कहने लगी निकाह के बाद तुझे कभी साथ ही नही ले जा पाऊंगी इसलिए वो ज़िद कर उसे अपने साथ ही ले गई।

मैंने फिर पूछा- कितने रोज़ हो गए उसे गए हुए जनाब। वो बोले अभी तीन चार रोज़ ही पहले गई है, आज कल के दरमियान तुम्हे खबर कर ही देता पर आज तुम ही आ गए, चलो अच्छा ही हुआ मेरा एक काम जो बच गया।

राजेश और मै चाय खत्म कर उनसे विदा ले उसके घर से निकल पड़े, घर से बाहर आते ही राजेश बोला, वायु मुझे इनकी बातें कुछ ठीक समझ नही आ रही है। मुझे अब आफिया की बहुत फिक्र सता रही है राजेश, ना जाने कैसी होगी बेचारी, देखा मैने तुझसे कहा ही था, ऐसा हो ही नही सकता कि वो अब इतने दिन मुझसे बिना मिले रह सके, ना

जाने बेचारी कहाँ होगी किस हालत में होगी, उसके बारे में सोच कर मेरी आँखों से आँसू बहने लगे। मुझे यूँ देख राजेश तुरंत बोल पड़ा वायु संभाल अपने आप को और होश में आ, अभी ये आँसू बहाने का वक़्त नही है, हमे पता करना होगा कि आखिर ये माजरा चल क्या रहा है। मैंने तुरंत अपने आँसू पोछ लिये और बोला, हाँ राजेश आज हम पता लगा कर ही रहेंगे कि आखिर ये सब चल क्या रहा है।

उस दिन शाम होते ही मै और राजेश उसकी दुकान से घर जाने वाले रास्ते पर एक झाड़ी के पीछे छुप कर खड़े हो गए, जैसे ही रात हुई उसके अब्बा घर की तरफ आते दिखे, उन्हें देख हम दोनो वहीं झाड़ियों में ही छिपे रहे। अब बस हमे राशिद के आने का ही इंतज़ार था, थोड़ी ही देर में राशिद दुकान बंद कर आते दिखा, जैसे ही वो हमारे नजदीक पहुँचा, हम दोनो ही उस पर एक साथ लपक पड़े और उसे पकड़ कर पलक झपकते ही रोड से दूर पहाड़ी की ओर घसीटते ले आए, वो हमारा ऐसा रूप देख बहुत घबरा गया और हमे पहचानते ही कहने लगा, यह क्या गलत कर रहे हैं भाईजान, मै आपका राशिद हूँ। गलत तो तुम लोग कर रहे हो राशिद, आफिया के साथ, और देख अब तू सच-सच बता कि आखिर ये माजरा क्या चल रहा है और आफिया कहाँ पर है ? और हाँ अब झूठ मत बोलना, मै वैसे ही बहुत परेशान हूँ और यह नही चाहता कि मेरे हाथों आफिया के ही भाई का कत्ल हो जाए।

वो मेरी बातें सुन घबराते हुए बोला, अब्बा ने सच ही बताया था भाईजान, वो खाला के घर ही गई है और अब तो कुछ दिनों में आती ही होगी। इतना सुनते ही राजेश

गुस्से से लाल हो उठा और अपनी जेब में से छूरा निकाल सीधा उसकी गर्दन पर अडाते हुए बोला, देख राशिद तू अभी हम फौजियों को अच्छे से जनता नही है, और कहीं अब तूने एक भी शब्द झूठ बोला तो मै भूल जाऊँगा कि तू आफिया का भाई है। और हाँ अगर अब तुझे सच बोलने में एक मिनट की भी देरी हुई तो मै तेरा सर धड़ से अलग कर दूँगा। राजेश की बातें सुन राशिद तुरंत ही भयभीत हो उठा और बोला भाईजान छोड़ दीजिए मुझे, मै सब सच बताता हूँ। उसकी बात सुनते ही राजेश ने उसे छोड़ दिया, उसके हाथों से छुटते ही उसने बोलना शुरू कर दिया, भाईजान हमने आफिया को आपसे निकाह पक्के होने के अगले ही दिन जबरजस्ती हमारी फुप्पी के यहाँ भेज दिया था, वहाँ फुप्पी ने ही एक लड़का देख उसका निकाह तय कर दिया है और अगले महीने उसका निकाह रखा गया है। इतना सुनते ही मेरे होश ठिकाने ना रहे और मै घायल हुए किसी जंगली जानवर की तरह राशिद पर टूट पड़ा और उसे पटक-पटक कर बेरहमी से मारने लगा। मरने की हालत मै आकर उसने मेरे पाव पकड़ लिए और जोर-जोर से चिल्लाने लगा, भाईजान इसमे हमारा कसूर नही है, अब्बा और मुझे यहाँ के लोगों के जरिए धमकाया जा रहा था, कि अगर उस फौजी से निकाह करवाया तो पूरे परिवार को जान से मार देंगे। बस इसीलिए अब्बा ने हमारी भलाई के लिए उसे यहाँ से दूर भेज दिया। पर उसकी बातों का जैसे मेरे दिमाग पर कुछ असर ही ना हो रहा था और मै लगातार उसे मारता ही जा रहा था।

तभी राजेश ने पीछे से आकर मुझे कस कर पकड़ लिया और चिल्लाने लगा, वायु पागल हो गया है क्या, मर

जाएगा वो। इतना सुन मै भी चिल्लाने लगा, मर जाने दे इसे राजेश, इन सबको मार दूँगा, उन मज़हब के ठेकेदारो के डर से यह अगर आफिया और मुझे अलग कर सकते है तो इन्हें जीने का कोई हक़ नही है। राजेश मुझे फिर पकड़ कर जोरदार ढंग से झकझोरते हुए बोला, वायु होश में आ, अभी आफिया को वापस भी बुलाना है और इसमे इन बेचारो की क्या गलती है, यह कर भी क्या सकते हैं। अगर तू भी उसके अब्बा की जगह होता तो शायद यही करता और यह वक़्त यूँ ही फिजूल खर्च करने का नही है, बल्कि अब आफिया के घर जाकर उसके अब्बा से बात करने का है।

राशिद को साथ ले मै और राजेश सीधा उसके घर जा पहुँचे, उसके अब्बा घर के आँगन में ही बैठे हुए थे। मै अंदर घुसते ही बोला- जनाब आपने ठीक नही किया मेरा विश्वास तोड़ कर। राशिद की हालत देख वो तुरंत ही सब समझ गए थे कि अब कुछ भी छुपाने का कोई फायदा नही, सच बोलना ही पड़ेगा।

वो अपनी आँखें झुकाकर कुछ शर्मिंदा होते हुए बोले- वायु मैंने जो भी किया तुम दोनो की भलाई के लिए ही किया। कम से कम अब तो झूठ ना कहिए जनाब। भलाई किस की भलाई और कैसी भलाई, अगर आपको इतनी ही परवाह होती हमारी तो आप उसकी किसी और से शादी का सोचते भी नही।

वो फिर बोले- मै सच बोल रहा हूँ वायु मेरा विश्वास करो, मै नही चाहता था कि मेरे परिवार से कोई अपनी जान से हाथ धो बैठे।

माफ़ी चाहूँगा जनाब, पर आपके मुँह से अब विश्वास शब्द सुन कर अच्छा नही लगता और हाँ मै यहाँ आपसे बात करने नही, बल्कि आपको बताने आया हूँ कि परसो सुबह मै फिर आऊँगा और तब तक आफिया मुझे इस घर पर मिलनी चाहिए और अगर ऐसा ना हुआ तो आप सब के लिए ठीक नही रहेगा, अब तय आपको करना है अपनी बेटी की खुशी देखना है या फिर इन मज़हब के ठेकेदारो से डर कर बैठना है।

उनसे इतना कह मै राजेश को लेकर उसके घर से निकल गया, मेरे निकलते ही वो मेरे पीछे आते हुए लगातार चिल्ला रहे थे, वायु कम से कम मेरी बात तो सुनते जाओ, पर मै रुका नही क्योंकि अब मैं उसे देखने के पहले किसी से कुछ भी सुनना नही चाहता था। घर पहुँचा तो पूरी रात आफिया की चिंता में ही कटती रही, ऐसा लग रहा था कि अब बस कैसे भी परसो का सूरज निकल आये और मै उसके घर पहुँच जाऊं। मै अब ये फैसला भी कर चुका था कि अगर आफिया नही आई तो अब राशिद को साथ लेकर, जहाँ उसे रखा है सीधा वहाँ पहुँच जाऊँगा, भले ही फिर मेरी जान ही क्यों ना चली जाए। अगला दिन जैसे तैसे बड़ी मुश्किल से कटा, फिर वो सुबह आ ही गई, सुबह होते ही राजेश को साथ ले उसके घर की तरफ निकल पड़ा, उसके घर पहुँचा तो बाहर सब शांत पड़ा हुआ था शायद सब सो रहे थे। मैंने बाहर से ही खड़े होकर आवाज़ लगाई, मेरी आवाज़ सुनते ही उसके अब्बा बाहर निकल आये, आते ही बोले, अरे वायु कम से कम सूरज तो निकल जाने देते। मैने कहा, आपने इतना आराम करने लायक छोड़ा ही कहाँ

है जनाब, खैर ये सब छोड़िए और आप ये बताएँ आफिया आई या नही ? मैंने उनसे इतना पूछा ही था कि उतने में ही आफिया अंदर से निकलकर दरवाज़े पर आकर खड़ी हो गई। उसे देखते ही मेरी आँखें भर आई और मै अपना सर झुकाए ज़मीन पर बैठ रोने लगा, मन तो कर रहा था जाकर उसे अपनी बाहों में समेट लूँ पर मै ये कर ना सका। वो मुझे ही देख रही थी, उसकी भी आँखों से लगातार आँसू बह रहे थे और ऐसा लग रहा था जैसे बहुत सवाल थे उसकी उन आँखों में, जैसे पूछ रही हो, कितने दिन लगा दिए मुझे वापस लाने में ?

मुझे समझ नही आ रहा था बेचारी को मेरी वजह से अभी और क्या-क्या देखने बाकी रह गया था। कितनी चैन और सुकून की ज़िन्दगी चल रही थी उसकी, एक मै ही था जो उसके पीछे पड़ गया था और उसकी ज़िन्दगी नर्क बना दी थी। मै लगातार उसे ही देख रहा था, मानो आज वो मेरी हालत समझ रही थी और शायद उसे भी मेरे दर्द का अंदाज़ा हो रहा था, आज पहली बार वो अपने अब्बा के सामने मेरे पास आकर ज़मीन पर बैठ गई और मुझसे बोल पड़ी, कैसे हैं आप ?

जैसी आप हैं वैसा ही हूँ। उसके अब्बा हमे ही देख रहे थे, इस वजह से बेचारी आगे कुछ ना कह पाई और उठ कर अंदर घर में चली गई। आज हमारा प्यार देख वहाँ खड़े सभी लोगो की आँखें नम थी और शायद उसके अब्बा को भी कहीं न कहीं उनकी गलती का एहसास था। इसीलिए उसके अंदर जाते ही उसके अब्बा बोल पड़े, देखो वायु तुम मुझे गलत समझ रहे हो, मुझे लगातार मेरी बेटी को काबू में रखने की हिदायते दी जा रही थी इसीलिए एक बेटी का

बाप होने के नाते मुझे बस एक यही रास्ता सूझा, जिससे मै तुम दोनो की जान बचा सकता था।

उनकी बातें सुन मै उनका हाथ पकड़कर अपने घुटने टेक जमीन पर बैठ गया और बोला, जनाब मुझे माफ कर दीजिए, ना जाने उस दिन गुस्से में आपसे बहुत भला बुरा कह गया। वो बोले, नही बेटा तुम भी अपनी जगह वाजिब थे, आखिर मैंने भी तुम्हारा यकीन तोड़ा था । मैंने उनसे फिर कहा- जनाब मै आफिया से बहुत प्यार करता हूँ और उससे जुदा होकर नही रह पाऊंगा, आपसे गुज़ारिश है आप अब हमे एक हो जाने दीजिए, चाहे फिर अंजाम जो भी हो, मै सब भुगतने को तैयार हूँ । इतना बोला ही था कि आफिया अंदर से चाय ले आई, चाय खत्म कर राजेश और मै जाने के लिए खड़े हो गये, जाते समय मैंने उसके अब्बा से कहा....जनाब आपसे एक गुज़ारिश है, अगर आपकी इजाजत हो तो मै एक बार आफिया से अकेले में मिलना चाहता हूँ।

वो बोले- ठीक है, पर कहाँ ? आप बस उसे कल का बोल दीजिएगा जनाब, बाकी उसे पता है कि कहाँ मिलना है। इतना कह मै राजेश के साथ वहाँ से निकल गया, हमेशा की तरह आज भी उसके घर से बाहर निकलते ही राजेश बोला- कम से कम आफिया घर तो वापस आ गई वायु, चलो कुछ मुश्किल तो कम हुई। पर अब आगे क्या करना है कुछ सोचा है ? राजेश, अब तो कल आफिया से मिलकर ही सारी बातें तय कर लूंगा पर अब जो भी करना है जल्दी ही करूँगा।

अगले दिन दोपहर का वक़्त था मै फिर झेलम के किनारे पर था, आखिरी बार जब यहाँ आया था, तो जान पर बन

आई थी, पर जो होता है अच्छा ही होता है अगर उस दिन यह सब ना हुआ होता तो आज आफिया और मेरे रिश्ते की बात यहाँ तक ना पहुँची होती। पिछली मुलाकात का सोच ही रहा था कि तभी आफिया कुछ दूर पर ही अपनी छोटी बहन रूही के साथ आती हुई दिखी, पास आते ही उसने रूही को थोड़ी दूर जाकर बैठने को कहा, और सीधे मेरी ओर बढ़ी चली आई, आते ही सीधे मुझसे लिपटकर उसने रोना शुरू कर दिया। मै भी उसे एक छोटी बच्ची समान ही समझ चुप कराने लगा, फिर कुछ देर रूककर बोला, तुम रोने आई हो या फिर मुझसे बात करने ? वो बोली, अब मुझे आपको छोड़ कर जाने में डर लगता है, कहीं कुछ हो ना जाये आपको। तुम बिना वजह ही परेशान हो आफिया, मुझे कुछ नही होगा। वो कुछ देर तक यूँ ही शांत खड़ी रही फिर कुछ रुक कर बोली, अगर हम निकाह ना करें तो ? मैंने तुरंत पूछा- अब ऐसा क्यों।

वो बोली- मै अपनी वजह से आपकी जान खतरे में नही डाल सकती। आप किसी और से निकाह कर लीजिएगा, आप फौज में नौकरी करते हैं, आपको तो मुझसे अच्छी कोई ना कोई लड़की मिल ही जाएगी। उसकी यह बचकानी बातें सुनकर मेरे चेहरे पर मुस्कुराहट आ गई, थोड़ी देर तक शांत रह उसने फिर पूछा- अच्छा आप क्या चाहते हैं ? आफिया, अब जो होना हो वो हो जाये पर अब हमारी शादी जरूर होगी और वो भी जल्द से जल्द, क्योंकि अब हम जितनी देर करेंगे कोई ना कोई मुश्किलें आती ही रहेंगी। वो बोली- पर जो लोग हम दोनों को समझाने की अब्बा को धमकी दे रहे हैं उनका क्या ? मुझे उनकी बातों का बहुत डर है, और

अगर हमारा निकाह ना भी हुआ तो उससे क्या फर्क पड़ता है, हम ऐसे ही मिलते रहेंगे ज़िन्दगी भर।

यह सुन मै बोला- कब तक नही करोगी आफिया, दो साल या पाँच साल पर कभी ना कभी तो करना ही पड़ेगा ना, एक कुंवारी लड़की को उसका पिता आखिर कब तक घर पर बैठा कर रखेगा और तुम मेरी चिंता करना छोड़ दो मुझे कुछ नही होगा, मै तो बस तुमसे पूछना चाहता हूँ क्या तुम शादी के लिए तैयार हो।

उसने कहा, हाँ तैयार हूँ। तो ठीक है, मै कल ही तुम्हारे अब्बा से मिलकर अपनी शादी की तारीख तय करवा लूंगा। फिर कुछ देर साथ रुक वो अपनी बहन रूही को साथ लेकर लौट गई। उसके वापस जाते ही मै भी निकल पड़ा, पुल पर राजेश के मिलते ही उसे बताया कि आज ही उसके अब्बा से मिलकर शादी की तारीख निकलवानी है, अब तो हमारी शादी होगी ही राजेश, वो भी जल्द से जल्द।

शाम होते ही मै तैयार हो राजेश के पास पहुँचा, वो भी मेरे साथ जाने को तैयार ही खड़ा था, फिर दोनो बाज़ार के लिए निकल गए। रास्ते में राजेश बोला, वायु मुझे दुकान पर जाना कुछ ठीक नही लग रहा, हमे रात होने पर उसके घर जाना चाहिए अगर हम दुकान गए तो लोगों को शक हो जाएगा कि अभी भी कुछ ना कुछ इन लोगों में खिचड़ी पक रही है।

उसकी बातें सुन मै बोला- अब पता चल ही जाने दे राजेश, आखिर यूँ कब तक इन लोगों से डर-डर कर जीते रहेंगे और वैसे भी शादी के बाद तो कुछ छिप ना सकेगा, और मेरी नौकरी भी तो आखिर यहीं है और अगर मै उसे

लेकर भाग भी जाऊं तो जाऊँगा कहाँ, ताउम्र तो उसे अपने परिवार से बिना मिलाये रख ना पाऊंगा, कभी ना कभी तो यहाँ आना ही पड़ेगा। और चल मान भी लिया कि चोरी छिपे शादी हो जाए तो हम बच जाएंगे पर फिर उसके परिवार वालो का क्या, बेचारे वो कहाँ भाग कर जाएंगे, इसीलिए राजेश अब जो करना है सबके सामने ही करना है क्योंकि मै नही चाहता मेरे कर्मो की सजा कोई और भुगते, शादी के पहले जो होना है हो जाए उसके बाद मै नही चाहता कि किसी प्रकार का बवाल खड़ा हो और मेरे कारण आफिया या उसके परिवार में से किसी की भी ज़िन्दगी बर्बाद हो। राजेश मेरी बातों से सहमत था, उसे इस बात की खुशी थी कि मै कितना सोचता था सबके लिए, थोड़ी ही देर बाद हम बाज़ार पहुँचने वाले थे। मैंने राजेश को बाज़ार से पहले ही रुकने को कहा, अब मै मेरे कारण उसकी जान भी खतरे में नही डालना चाहता था, एक ही दोस्त तो था मेरा, अगर उसे कुछ हो जाता तो मै अपने आप को कभी माफ नहीं कर पाता। उसको वहीं दूर रोक मै सीधा उसकी दुकान की तरफ बढ़ा, जैसे-जैसे मेरे कदम बाज़ार में बढ़ते जा रहे थे ऐसा लग रहा था मानो सारे बाज़ार की नज़र मुझ पर ही आकर टिक गई हो। सब मुझे ही घूरकर देख रहे थे, मै सीधा दनदनाते हुए उसकी दुकान के अंदर चला गया, दुकान पर राशिद और उसके अब्बा बैठे थे, मुझे देखते ही दोनो के होश उड़ गए।

उसके अब्बा तुरंत बोले- वायु यह क्या बचपना है, तुम दुकान क्यों आए?

मैंने जवाब दिया, आपसे कुछ जरूरी बात करनी थी।

वो बोले- तुम घर पर भी तो आ सकते थे।

माफ़ करना जनाब पर अब जो भी करूँगा चोरी छिपे कुछ नही करूँगा आखिर इन जिहादियों से कब तक डर-डर के आप लोगो से मिलता रहूँगा। वो मेरी बात सुन तुरंत समझ गए कि इसे समझाने का फायदा नही, इसीलिए मेरे बैठते ही बोले, बताओ वायु कैसे आना हुआ। मै बोला जनाब, मै चाहता हूँ अब हमारा निकाह जल्द से जल्द हो जाए और मैने आफिया से इस बात की रजामंदी ले ली है, वो भी इसके लिए राज़ी है और हाँ जहाँ तक सवाल मेरी जान का है, आप अब उसकी फिक्र करना छोड़ दीजिए। मै चाहता हूँ मेरे साथ जो अनहोनी होना हो शादी के पहले ही हो जाए और अब मै इन दहशतगर्दो से डरने वाला भी नही हूँ, आखिर कब तक इनके डर से हर काम चोरी छिपे ही करते रहेंगे। मै आफिया से प्यार करता हूँ और शादी करना चाहता हूँ, कोई गुनाह नही कर रहा हूँ और कर भी रहा हूँ, तो यह लोग कौन होते हैं मुझे सज़ा देने वाले, इनको किसने हक़ दिया है, और आखिर कब तक ये लोग अपनी मनमानी से यूँ ही सबको डराते रहेंगे।

मेरी बातें सुन उसके अब्बा बोले, वायु तुम्हारी बातें बिल्कुल सही है पर जो मै पहले कहता था आज भी वही कहूँगा कि यह सब बातें केवल करने और सुनने में ही अच्छी लगती हैं, यहाँ के लोगों का इन बातों से दूर-दूर तक का कोई वास्ता नही है। खैर तुम दोनो फैसला कर ही चुके हो तो रोकूंगा नही, आखिर बच्चों की खुशी के आगे सबको झुकना ही पड़ता है, और जब तुमने निकाह जल्द से जल्द करने का फैसला कर ही लिया है तो इसी जुम्मे तुम दोनों

का निकाह करवा दूँगा। पर मेरी एक शर्त है वायु, मैने कहा जी कहिए, निकाह तुम्हे हमारे धर्म के हिसाब से ही करना होगा, फिर जब आफिया तुम्हारे साथ चली जाए, तो फिर तुम्हे जिस रीति रिवाज़ से उसके साथ निकाह करना हो तुम कर सकते हो। हमे कोई ऐतराज़ नही होगा। मुझे आपकी शर्त मंजूर है जनाब ।

आज से बस तीन दिन बाद ही मेरी शादी थी, इतना सोच कर ही मै वहाँ से उठ गया और बोला, ठीक है जनाब, अब मै चलता हूँ, अभी तो तैयारियां भी करनी है।

वो बोले- ठीक है बेटा, अपना ख्याल रखना। जाते-जाते मै उनसे हाथ जोड़ कर बोला, जनाब आपने मेरे लिए बहुत कुछ किया है, इतना शायद मेरे लिए कोई ना करता, बस एक आखिरी गुज़ारिश और है आपसे, आप परसों के लिए आफिया को मुझसे मिलने को कह दीजिएगा। वो बोले- ठीक है, जैसा तुम बोलो कह दूँगा। इतना कह मै वापस घर की ओर निकल आया, बाज़ार के आगे राजेश खड़ा मेरा इंतज़ार कर रहा था, मुझे आते हुए देखते ही बोला क्या हुआ वायु , कोई दिक्कत तो नही हुई ? नहीं राजेश, सब ठीक है, बस जब मै उसकी दुकान से निकल रहा था तो ध्यान से देखा तो पूरा बाज़ार ही उसकी दुकान पर मेरे निकलने के इंतज़ार में नज़रे जमाए बैठा हुआ था। इतना सुन राजेश बोला, बस इसी बात का तो डर था वायु, आज फिर एक बार तू आग को हवा दे आया है। यह सब छोड़ राजेश, जो खुशी की बात है वो सुन इसी शुक्रवार हमारी शादी होने जा रही है, पहले उसके धर्म के मुताबिक हमारा निकाह होगा फिर उसके हमारे साथ आने के बाद हम अपने धर्म के रीति

रिवाज़ों से शादी कर लेंगे। वो इतना सुनते ही बोला- यह तो बहुत ही खुशी की बात है वायु, पर अब तुझे आने जाने में और ज्यादा सावधानी बरतनी होगी मेरे दोस्त। उसकी बात पर सहमति देने के बाद मैंने कहा- यार राजेश, पाँच छह दिन की छुट्टी ले लेते हैं और आज शाम ही श्रीनगर निकल चलते हैं, शादी की तैयारी भी तो करनी होगी। वो बोला- ठीक है, मै पहुँचते ही मंजूरी ले आऊँगा।

१२

शाम होते ही हम दोनो श्रीनगर के लिए निकल गए, वहाँ पहुँचते-पहुँचते काफी रात हो गई थी, जब तक बाज़ार पहुँचे तब तक सब बंद हो चुका था। इसीलिए अगले दिन सुबह से ही खरीदारी पर निकल गए, सबसे पहले मैंने आफिया के गले के लिए हार, हाथों के लिए कंगन और कानों के लिए झुमके खरीदे, फिर शादी के दिन उसके पहनने के लिए लाल रंग की सुन्दर साडी खरीदी, फिर खुद के लिए दो शेरवानी खरीद कर, बस पकड़ हम वापस बारामूला के लिए वापस चल दिए, जब घर पहुँचे तो रात हो चुकी थी। अगले दिन एक बार फिर सूरज अपनी रोशनी बिखेरते हुए आसमान में दमक उठा, अब मेरे और उसके मिलने के बीच बस कल का ही दिन बाकि था और परसो हमारी शादी थी। सोच-सोच कर मन खुश हो रहा था कि अब मेरा घर बसने वाला था, मेरा सपना जिसे पूरा करने के लिए मै पिछ्ले कई महीनों से तड़प रहा था, परसो वो सच होने वाला था, ख्यालों में खोए हुए पता ही नही चला कब दिन बीत गया और अगला दिन आ गया।

आज सुबह से ही तैयारियों में व्यस्त था, तभी दोपहर होते ही याद आया कि आज आफिया को मिलने बुलाया था, तुरंत तैयार हो राजेश को साथ ले सीधा झेलम की ओर निकल पड़ा। आज शायद आखिरी बार मै उससे यूं चोरी छिपे मिलने जा रहा था, अब कल के बाद इसकी जरूरत

नही पड़ने वाली थी, वहाँ पहुँचा तो देखा वो पहले से ही अपनी बहन के साथ खड़ी मेरा इंतज़ार कर रही थी। मेरे नजदीक पहुँचते ही बोली, अब आज क्यूं मिलने बुला लिया आपने, बस अब एक दिन की ही तो बात थी, इतना भी इंतज़ार नही हो पा रहा क्या आपसे। मै मुस्कुराते हुए बोला, क्या करूँ अब एक-एक पल का इंतज़ार भी सदियों सा ही लग रहा है। वो फिर बोली, अच्छा अब तो बताइए क्यों बुलाया है आपने ? इस बार उसके इतना पूछते ही मैंने उसके लिए श्रीनगर से लाया हुआ सारा सामान उसके हाथो में रख दिया। वो इतना सब देखकर खुश हो गई, आज फिर एक बार उसकी पलके भीग आई थी और बोली मैंने कभी सोचा ना था कि कभी इतना कुछ पहन कर निकाह के लिए तैयार हो पाऊँगी, उसकी आँखों में वो खुशी देख मै बहुत खुश था। मै उसे हर छोटी से छोटी खुशी भी देना चाहता था।

कुछ देर रुककर मै उससे बोला- आफिया मै तुमसे एक वादा चाहता हूँ।

वो बोली फरमाइए। आफिया, अगर मुझे शादी के पहले कुछ हो जाए तो वादा करो तुम अपने जीवन से हार नही मानोगी और एक नए जीवन की नए रूप में शुरुवात करोगी, मेरे लिए ना सही कम से कम अपने अम्मी अब्बू के लिए, कम से कम अपने परिवार के लिए।

मेरी बातें सुन वो बोली- मै माफी चाहूँगी पर मै आपसे ये झूठा वादा नही कर सकती, और मुझे पूरा यकीन आपको कुछ नही होगा और अगर मेरे प्यार में थोड़ी भी शिद्दत है, तो खुदा करे आपको कुछ भी होने से पहले मुझे हो जाए।

मैंने उसे तुरंत टोकते हुए कहा... अब तुम ये फ़िज़ूल की बातें मत करो, मैंने तुम्हे बस जो वादा करने को कहा तुम बस वो करो। मेरे मुहं से फिर यह बात सुन उसकी आँखों से आँसू बहने लगे, तो मैंने आगे बढ़कर उसे अपनी बाँहों में समेट लिया और कहा मै वादा करता हूँ मुझे कुछ नही होगा पर अगर कुछ हो गया तो तुम्हे मेरी कसम है, मैंने जो बोला है तुम वो ही करोगी। बड़ी देर बाद उसके मुँह से मुझे हाँ की आवाज़ सुनाई दी, तो मैंने राहत की साँस ली। आज जैसे उसके हाथों ने मुझे अपनी पकड़ से ना छोड़ने का मन ही बना लिया था, कुछ देर बाद मै ही बोला आज घर वापस नही जाना क्या ? वो बोली- नही अब आपको छोड़ कर नही जाना चाहती।

मैंने कहा, जाओगी नही तो कल शादी कैसे होगी हमारी और फिर हमेशा के लिए भी तो साथ आना है। इतना सुन वो अपने आँसू पोछ मुझसे थोडा दूर हट गई, और बोली, अच्छा ठीक है अब मै चलती हूँ पर वादा कीजिए निकाह के लिए कल आप बिलकुल सही समय पर आएंगे।

वादा करता हूँ, मैंने उससे पूरे विश्वास के साथ मुस्कुराते हुए कहा। जाते-जाते उसने मेरी ओर देखते हुए कहा- आफिया आपका इंतज़ार करेगी, जल्दी आइएगा। फिर वो अपनी बहन को साथ ले वापस घर की ओर निकल पड़ी।

आज ना जाने क्यूं उसके जाने के बाद पहली बार मेरे मन में घबराहट हो रही थी, जैसे-जैसे शादी पास आती जा रही थी ना जाने क्यों उससे दूर जाने का एक अंजान सा डर सताने लगा था। मन तो कर रहा था उसे रोक कर यहीं से ही कहीं दूर भगा कर साथ ले जा लू, जहाँ मेरे और उसके सिवा कोई ना हो। पर ये करना मुमकिन ना था और ऊपर

से आज कुछ अजीब ख्यालों से ही मन भरा जा रहा था। आज झेलम की भी रोज़ की तरह कलकल करती ध्वनि सुनाई नहीं दे रही थी, जैसे उसका शोर भी कहीं गुम हो गया था, मन सोच रहा था शायद आज झेलम भी उदास होगी क्योंकि अब कल से दो प्यार करने वाले उसके किनारे पर बैठ कर प्यार भरी बातें करने जो नही आने वाले थे। हमारे प्यार की गहराई और पवित्रता अगर किसी ने देखी थी तो बस इस कुछ ना कह सकने वाली नदी ने ही देखी थी इसीलिए एक अनजाना सा लगाव हो गया था, एक अलग ही रिश्ता बन गया था इस नदी से, इसीलिए मैंने मन में ही यह वादा किया कि शादी के बाद भी अक्सर आफिया को साथ ले, यहाँ आकर बैठा करूँगा। क्योंकि आज झेलम के इसी किनारे के कारण हम दो एक होने वाले थे, और ये किनारा जैसे जीवन भर के लिए मेरे दिल में बस गया था। पता ही नही चला कब मै सोचते-सोचते राजेश के पास पहुँच गया और उसके पास पहुँचते ही उससे बातों में लग गया। राजेश ने जितना मेरे लिए किया था उतना तो शायद एक भाई भी आपने भाई के लिए नही करता। आज मै उसे गले लगाकर धन्यवाद करना चाहता था, पर डरता था कहीं वो ये सोच कर नाराज़ ना हो जाए कि मैंने उसकी दोस्ती के फ़र्ज़ को एहसान मान लिया, बात करते-करते कुछ पता ही नही चला कि कब हम घर पहुँच चुके थे।

१३

आखिर आज वो दिन आ ही गया था जिस दिन हम एक होंने वाले थे, आज हमारी शादी जो होने वाली थी। फौज में भी लगभग सभी को मेरी शादी की खबर लग चुकी थी, आते जाते अक्सर जो भी मिला करते सभी बधाई दिया करते थे। आज मै सुबह जल्दी ही उठ भगवान के दर्शन करने मंदिर गया क्योंकि एक बस वो ही थे जिनके कारण मै आज यहाँ तक आ पाया था और मेरे बचपन से लेकर अभी तक वो ही हमेशा मेरे हर काम में साथ थे। आज सुबह से ही राजेश शादी की तैयारियों में व्यस्त था, उसके पास तो आज मुझसे ही बात करने की फुर्सत ना थी। हर छोटे काम से लेकर बड़े काम तक सारी जिम्मेदारी उसी पर थी, लोगों का भी आज मुझे बधाई देने के लिए निरंतर ही आना जाना लगा हुआ था। आज दिन इतनी तेज़ी से कैसे कटता जा रहा था कुछ पता ही नही चल रहा था, मन बहुत खुश था क्योंकि आज शाम मेरा सपना पूरा होने वाला था। देखते ही देखते कब दिन ढल गया और कब शाम हो गई कुछ पता ही नही चला, अब वो वक़्त आ गया था जब मुझे अपना सपना पूरा करने जाना था, कोई मेरे लिए अपनी पलके बिछाए बेसब्री से इंतज़ार जो कर रहा था।

मै जाकर अपने कमरे में तैयार होना शुरू हो गया, थोड़ी ही देर बाद बरात ले चलने के लिए मै शेरवानी और पगड़ी पहने तैयार खड़ा था, बस अब राजेश का ही इंतज़ार था।

वो शाम से ही कहीं दिखाई नही दे रहा था, शाम के छह बज चुके और रात के आठ बजे हमारा निकाह पढ़ा जाना था, पर राजेश का कुछ पता नही था। उसका इंतज़ार करते-करते लगभग आधे घण्टे से ऊपर हो चुका था, तभी मैंने फौज में से ही एक मित्र को बुलाकर राजेश का पता लगाने भेजा, वो लगभग सात बजे वापस आया और बोला मैंने आस पास सबसे पूछ लिया पर राजेश का कुछ अता पता नही है। राजेश का इस तरह अचानक लापता होने से मेरा मन बहुत घबरा गया और फिर मै ही बाहर निकल कर उसे पागलो की तरह ढूंढने लगा।

एक तरफ समय तेज़ी से निकला जा रहा था तो दूसरी ओर राजेश का कुछ पता ना था। उसे छोड़ कर जाना मुमकिन नहीं था, घड़ी में देखा तो अब आठ बज चुके थे। उसकी चिंता में मन बेचैन हो उठा, कुछ समझ नही आ रहा था, कहाँ जाकर ढूंढ आऊं उसे, ऐसा क्या करूँ जिससे राजेश मिल जाए, एक अंजाना सा भय मन में घर करने लगा, कि तभी अचानक दूर से राजेश आता हुआ दिखा। पास आया तो ध्यान से देखा वो दौडा चला आ रहा था। वो थोड़ी ही दूरी पर था कि मैंने चिल्ला कर कहा.... क्या यार राजेश.... मेरे निकाह का समय निकल रहा है। पर उसने मेरी बात का कुछ जवाब नही दिया। अब जैसे जैसे वो मेरे नजदीक आ रहा था मुझे उसका चेहरा साफ़ नज़र आने लगा था, लगातार दौड़ने के कारण अब उसके पाँव लडखडा रहे थे और उसकी पूरी शर्ट खून से लथपथ थी। उसकी हालत देख ऐसा लग रहा मानो उसे गोली लगी हो, उसे यूँ देख मै घबरा गया और उसकी तरफ तेज़ी से भागा। उसके पास पहुँचते ही उसे सीधा गले से लगा लिया और उसके

शरीर पर अपना हाथ फेरकर देखने लगा कि गोली कहाँ लगी है, ऊपर से नीचे तक देख लिया, पूरे शरीर में गोली का एक निशान तक नहीं था। राजेश बिलकुल ठीक था, इस बात से मै खुश हो उठा और उसे एक बार फिर अपने गले से लगा लिया। फिर तभी मैंने उसकी आँखों में झाका तो देखा उसकी आँखों में आँसू थे मुझे फिर कोई नई अनहोनी होने की आशंका हुई। मै उसे इस तरह देखा और ज्यादा घबरा गया और उसे झकझोरते हुए पूछा- हुआ क्या है राजेश कुछ बतायेगा तू ? पर उसने मेरी बात का कुछ जवाब ना दिया और एक बार फिर मुझे कसकर गले से लगा लिया। बात अब मेरी समझ से दूर जाते जा रही थी, तभी मैंने उसे धकेलते हुए एक बार फिर चिल्लाते हुए पूछा- हुआ क्या है राजेश, कुछ तो बोल मेरे भाई ....मुझे तेरी ये हालत देख बहुत डर लग रहा, बता ना आखिर हुआ क्या है ? बड़ी मुश्किल से राजेश ने जैसे तैसे बोलना शुरू किया, बोलते-बोलते उसकी जीभ लडखडा रही थी, वो बड़ी मुश्किल से अपने मुँह से कोई शब्द निकाल पा रहा था, कि तभी उसके मुँह से कुछ शब्द स्पष्ट सुनाई दिये, वायु आफिया... वायु आफिया अस्पताल में है किसी ने उसे गोली मार दी है।

इतना सुनते ही जैसे मेरी आँखों में अंधेरा छाने लगा, दिमाग अचानक ही बदहवास सा हो गया और सर लगातार घुमने लगा, आँखों से जैसे सब ओझल होने लगा और मै जमीन पर गिर गया और रोने लगा। कुछ समझ नही आ रहा था मुझे कि आखिर मैंने ऐसी कौन सी गलती की थी जिसकी मुझे ये सज़ा मिल रही थी। मेरे सारे सपने सब टूटे हुए शीशे की तरह लगने लगे, मन कर रहा था इस पूरी घाटी को आग लगा दूं और इतना सोचते ही मै उठ खड़ा हुआ और जोर-जोर से चिल्लाने लगा, यह जिहादी लोग दो

प्यार करने वालो को कभी खुश नही देख सकते, दूसरो की खुशी दूसरो के प्यार से इनका मज़हब खतरे में आ जाता है। अरे बुज़दीलों अगर गोली मारनी ही थी तो मुझे मार लेते, पर उस बेचारी फूल सी लड़की का क्या कुसूर था।

इतना कह मै एक बार फिर रोने लगा। तभी राजेश मेरे कंधे पर हाथ रखते हुए बोला, वायु मेरे भाई संभाल अपने आप को, कुछ नही होगा तेरी आफिया को, अब और देर मत कर, चल उठ जल्दी अस्पताल चलते हैं। राजेश की बात सुन मै तुरंत होश में आ गया और अपने आप को संभालते हुए उठकर खड़ा हो गया और सीधे अस्पताल की ओर दौड़ पडा। जैसे ही मै भागा मेरे पीछे-पीछे राजेश भी भागा, आँख से आँसू बहते जा रहे थे और पाव तेज़ी से बढ़ते जा रहे थे। शायद अपने पूरे जीवन में इससे तेज़ मै कभी नही दौड़ा था।

अस्पताल पहुँचा तो वहाँ पहले से ही बहुत भीड़ मौजूद थी, जैसे ही मै अंदर गया सब मुझे ही घूरकर देखने लगे। सर पर पगड़ी और शेरवानी पहने मै अपनी दुल्हन से मिलने अस्पताल में खड़ा था। जिससे निकाह करने उसके घर जाना था, किस्मत उसे ही अस्पताल ले आई थी। वहीं थोड़े आगे उसके अब्बा खड़े थे, उन्हें देख मै सीधा उनके सामने जा पहुँचा, मुझे देखते ही उन्होंने मेरे गाल पर एक जोरदार तमाचा दे मारा और मेरी गिरेबान पकड़कर जोर-जोर से चिल्लाने लगे, मना किया था ना तुझे, पर तू नही माना, बोला था नही होने देंगे ये लोग तुम्हारा निकाह पर तुम दोनो मेरी बात नहीं माने। अरे यहाँ कोई नही मानता प्यार-व्यार, यहाँ इनका एक ही कानून चलता है और यहाँ के ये लोग उसके ठेकेदार हैं, यहाँ इनके हिसाब से ही चलना

पड़ता है और इनके हिसाब से ही यहाँ जीना पड़ता है और जो नही चलता उसका हश्र आफिया की तरह किया जाता है। *यहाँ अब सिर्फ नाम की ही कश्मीरियत बची है वायु जिसमे अब दूर दूर तक इंसानियत का कुछ अता पता नही है*। इतना कहते-कहते वो मुझसे आकर लिपट गए और चिल्ला-चिल्ला के रोने लगे और कहने लगे, शर्म तक नही आई वायु इन लोगों को मेरी फूल सी बच्ची को गोली मारते हुए। मै चुप था उनसे कुछ कहने की हिम्मत ना कर सका, बस खड़े-खड़े आँखों से आँसू बहाते रहा। आखिर कहता भी तो क्या कहता उनसे, क्या समझाता उन्हें, सारा दोष मुझे खुद का ही लग रहा था। ऐसा लग रहा था जैसे मेरे कारण सबकी जिन्दगी बर्बाद हो गयी हो, कितनी सुकून की जिन्दगी जी रहे थे ये लोग पर एक मै ही था जो अपनी ज़िद पर अडा रहा और जिसका नतीजा आज आफिया को भुगतना पड़ रहा है। जिंदगी ने मुझे उस मोड़ पर लाकर खड़ा कर दिया था जहाँ मेरा प्यार अपने जीवन से संघर्ष कर रहा था और मै बाहर खड़ा तमाशा देख रहा था कि तभी कमरे में से डॉक्टर बाहर आए, उनके बाहर आते ही उसके अब्बा ने पूछा- जनाब कैसी है अब वो ? डॉक्टर बोले- खुदा से दुआ कीजिये कि बचा ले आपकी बेटी को। फिर डॉक्टर साहब ने पूछा- आप सभी में वायु कौन है ? उसके अब्बा ने कहा- यह है डॉक्टर साहब, वो बोले आप एक बार अंदर जाकर उनसे मिल लीजिये, वे आपको बार-बार बुला रही हैं। इतना सुनते ही मै अंदर की तरफ जाने लगा, लेकिन आज मेरे पाँव जैसे उस ओर जाने का नाम ही नहीं ले रहे थे, एक-एक कदम बहुत भारी सा महसूस हो

रहा था, समझ नही आ रहा था अंदर पहुँच कर उससे नज़रे कैसे मिला पाऊंगा। मै जिसके आँसू तक नहीं देख पाता था आज उसे यूं इस हालत में कैसे देख पाऊंगा। बड़ी मुश्किल से अपने आप पर काबू कर होठों पर हल्की मुस्कान लिए मै अंदर जा पहुँचा, पर अंदर आते ही जब उसे देखा तो मेरी इन आँखों में आँसू उतर आए, बेचारी दुल्हन के कपड़ो में पलंग पर लेटी बेजान सी पड़ी थी, पर उसकी आँखें खुली हुई थी, जैसे वो बस मेरा ही इंतज़ार कर रही थी। मै धीरे से उसके पास ही रखे एक स्टूल पर जाकर बैठ गया और उसके हाथ पर अपना हाथ रख दिया, मेरे हाथ का स्पर्श होते ही उसकी नज़रे मेरी ओर घूम गई। मुझे देखते ही उसकी आँखों से आँसू बहने लगे और मेरा हाथ अपने सीने से लगाकर वो सिसकिया भरने लगी, उसकी आँखों से आँसू लगातार बहते ही जा रहे थे। एक गोली उसके कंधे में और एक उसके पेट में लगी थी। गोली लगने से खून बहुत बह चुका था, ऐसा लग रहा था मानो पानी में किसी ने लाल रंग घोल कर उसके पूरे शरीर पर डाल दिया हो। वो मेरी तरफ अपनी उन मासूम सी आँखों में आँसू लिए देखे जा रही थी, मै भी बस उसे ही देख रहा था, जिसका एक आँसू देखकर मै रातभर सो नहीं पाता था आज वो इस हालत में मेरे सामने लेटी हुई थी, और मै कुछ नहीं कर सकता था। तभी ऐसा लगा जैसे उसने मुझसे कुछ कहना चाहा हो, उसको यूँ कहते देख मैं उसके ओर नजदीक खिसक गया।

वायु मुझे माफ़ कर दो, मै आपका सपना पूरा नहीं कर सकी। मैने उसको विश्वास दिलाते हुए कहा- सपना तो पूरा हो जायेगा आफिया, पहले जल्दी ठीक तो हो जाओ तुम।

वो बोली- नहीं वायु अब मुझे नहीं लगता कि मै ठीक हो पाऊँगी।

उसकी बात सुन कर उसे एक बार फिर रोकते हुए कहा- "नहीं आफिया ऐसा मत कहो, तुम मुझे छोड़ कर चली गई तो फिर ये वायु क्या करेगा, वैसे ही अकेला था इस दुनिया में और एक बार फिर अकेला हो जायेगा।

नहीं वायु आप अकेले नहीं रहोगे, मै रहूँगी ना हमेशा आपके साथ, आपकी यादों में, आपके हर एहसास में।

नहीं आफिया अभी तो हमे अपनी सारी जिंदगी साथ बितानी है और तुम अभी ही साथ छोड़ कर जाने की बात कर रही हो मैने रोते हुए उससे कहा,

मै बहुत बदकिस्मत हूँ वायु, जो आप जैसा प्यार ना पा सकी पर हाँ मुझे इस बात की खुशी है जो लम्हे मैंने आपके साथ बिताये हैं और जो प्यार आपने मुझे दिया है वो शायद इस जीवन से भी बहुत बढ़कर है, और वायु शायद जितनी ख़ुशी मुझे ये पूरा जीवन जी कर भी नहीं होती उससे कई गुना ज्यादा आपने इन चंद मुलाकातों में दे दी है। वायु पर आज एक वादा करो आप मुझसे......। वो बोलती जा रही थी और मेरे आँसू की धारा निरंतर बहती जा रही थी।

मैने उसे टोकते हुए और अपने आंसुओं को पोछते हुए कहा- अब मै कोई वादा नहीं कर सकता आफिया।

उसने मेरा हाथ हल्के से दबाते हुए फिर से ज़ोर दे कर बोला- नहीं वायु ....आपको करना ही पड़ेगा।

उसके हाथों में जान नहीं थी उसकी आवाज़ भी धीमी हो चली थी। उसने इतना कहा ही था कि डॉक्टर एक बार फिर अंदर आते ही बोले, आप मरीज़ से ज्यादा बातें ना करें।

तभी आफिया फिर बोली- वायु...., मैंने उसे टोकते हुए कहा, ज्यादा बात मत करो डॉक्टर ने मना किया है। वो बोली- कर लेने दो वायु वक़्त बहुत कम है मेरे पास और मै नहीं चाहती मेरे जाने के बाद आप इन वादियों में मुझे याद कर भटकते रहें। वायु मै चाहती हूँ आप यहाँ से वापस चले जाओ, यहाँ के लोग आपके लायक नहीं है, आप अपनी अम्मा के पास वापस चले जाना और एक नयी जिंदगी की शुरुवात करना। मुझे विश्वास है वायु, आप एक दिन ऐसा कुछ करोगे जिसे देखकर मै जहाँ भी रहूँगी आप पर नाज़ करुँगी। तुम मेरे साथ ही रहोगी आफिया और अगर तुम ना रही तो ये वायु भी नहीं रहेगा।

नहीं वायु आपको अभी जीना होगा और एक नये जीवन की शुरुवात करनी होगी, अपने लिए ना सही दूसरों के लिए, कम से कम मेरे परिवार के लिए ही। आफिया, मैंने जब से अपने इस जीवन में होश संभाला है तभी से रोज ही मै एक नई जिंदगी की शुरुवात कर रहा हूँ, अगर तुम ना रही तो ये वायु, और उसका अस्तित्व दोनों नहीं बचेंगे और फिर ऐसा जीवन जीना भी किस काम का।

वो फिर बोली, नहीं वायु आपको मेरी कसम है, आपको जीना होगा, हमारे प्यार के लिए और हमारे परिवार के लिए। इतना कहते-कहते ना जाने क्यूँ उसकी आवाज़ जैसे कुछ और धीमी हो गई थी, उसके हाथ मेरे गालो के आँसू पोछ रहे थे, मैंने तुरंत उसका हाथ ले अपने दोनों हाथों से पकड़ लिया। वो एक बार फिर बोली, वायु आप खुद को कभी अकेला मत समझना। पर इस बार मै उससे कुछ कह ना सका बस एक बेजान सी मूरत की तरह बैठा-बैठा आँसू बहाता रहा। उसकी उन आँखों से भी आँसू बहते ही जा रहे थे और देखते-देखते उसकी उन आँखों के आँसू सूख गये,

ध्यान से देखा तो उसकी पलकों ने भी झपकना बंद कर दिया था।

मै जीते जी एक बार फिर मर गया था, आफिया जा चुकी थी, हमेशा के लिए मुझे अकेला छोड़ कर जा चुकी थी। तभी डॉक्टर दौड़ता हुआ कमरे में आया, उसके पीछे-पीछे उसके अम्मी, अब्बा, राशिद, रूही और राजेश भी आ गये। मै उसका हाथ पकडे वहीं बैठे-बैठे उसे एकटक देख रह था, उसके अम्मी अब्बा वहीं ज़मीन पर बैठ कर सर पकड़ रो रहे थे, तभी राजेश ने मेरे कंधे पर हाथ रखा और बोला, वायु मेरे भाई। पर जैसे आज मै कुछ सुनने को तैयार ही ना था, ऐसा लग रहा था जैसे किसी समुन्दर के बीच मुझे ले जाकर किसी ने छोड़ दिया हो। मेरी साँसें चल रही थी पर ये दिमाग सुन्न था, मै अब मै नहीं था, अब तो इन आँखों से आँसू भी नहीं निकल रहे थे, जैसे सब लुट गया हो। जो सपनो की दुनिया सजा रखी थी, उसके साथ जिंदगी बिताने के जो सपने देख रखे थे आज सब टूट चुके थे। आज मेरी वजह से एक लड़की इस दुनिया में नहीं थी, मेरा प्यार मुझसे दूर जा चुका था, एक परिवार की बेटी उनसे हमेशा के लिए जुदा हो गयी थी, लोगों की नज़रों में शायद मै गुनहगार था पर काश मेरा दर्द भी वहाँ कोई समझ पाता।

ये जीवन अब जीवन नहीं बचा था बस एक बोझ बन गया था जिसे उम्र भर ढोना था। राजेश मुझसे लिपट कर रो रहा था और मुझसे बार-बार बोल रहा था, कुछ तो बोल वायु। पर जैसे उसकी कोई भी बात मुझे सुनाई ही नही दे रही थी, वहीं कमरे के कोने में उसकी छोटी बहन रूही खड़ी होकर रो रही थी, मै उठ के सीधा उसके सामने जाकर ज़मीन पर बैठ गया। वो सीधे मुझसे आकर लिपट कर रोने लगी, उस बेचारी से मै कुछ कह ना सका, आखिर मै कहता

भी तो क्या ? तभी डॉक्टर उसे वहाँ से ले जाने के लिए आये, मै तुरंत उसके पास जाने के लिए उठ गया, एक आखिरी बार उसे जी भरकर देखना जो चाहता था, उसका माथा चूमना चाहता था, क्योंकि अब इसी एक पल के सहारे मुझे अपना पूरा जीवन बिताना था। वहाँ खड़े-खड़े मै खुद को संभाल नहीं पाया और उससे फिर लिपट कर रोने लगा। राजेश मुझे संभालने की कोशिश कर रहा था, बस फिर एक आखिरी बार उसका चेहरा अपनी इन आँखों में कैद कर मै उठ खड़ा हुआ और उस कमरे से बाहर की ओर निकल आया, जब निकल रहा था तब शायद उसके अब्बा मुझे पुकार रहे थे, उनके पास जाता भी तो किस मुँह से जाता। जैसे ही कमरे से बाहर निकला तो राजेश भी मेरे पीछे-पीछे दौडा चला आया और वो बार-बार बस एक ही सवाल पूछ रहा था, वायु कहाँ जा रहा है तू ? पर जैसे मेरे ये कान कुछ भी सुनने को तैयार ही न थे। मै बस चलते ही जा रहा था और राजेश मेरे पीछे दौड़ रहा था। अब मेरे इस जीवन में कुछ कहने को बचा नही था, अब जैसे सब उजड़ा हुआ सा लग रहा था। आज मेरा जीवन फिर अधूरा हो गया था। बड़ी मुश्किल से कोई अपना मिला था, मै आज उससे भी दूर हो गया था। कदम रुक रहे थे पर उसकी कसम आगे बढ़ाते जा रही थी, झेलम का वो किनारा छूटता जा रहा था। मै वहाँ से सीधा बस स्टैंड जा पहुँचा। वहाँ राजेश को गले लगा फिर रोने लगा, वो बोला वायु, यहाँ क्यों ले आया है चल घर चल।

मैने अपने आप को संभाला और उससे बोला- "राजेश अब मेरी अमानत तेरे हवाले है अब तुझे ही उसके परिवार का ख्याल रखना है, मै यहाँ से जा रहा हूँ"। मै ज्यादा कुछ

नहीं कह पा रहा था। मत जा वायु ! अपने इस दोस्त को अकेला छोड़ कर राजेश बार-बार यही बोले जा रहा था, शायद वो मुझे अकेले नहीं छोड़ना चाहता था। पर मैंने उसे समझाया और कहा- "नही राजेश, आज जाने दे मुझे पर वादा है तुझसे एक दिन जरूर वापस आऊँगा, जिस दिन इन वादियों में लोग प्यार से जीना सीख जाएंगे" । राजेश मेरा हाथ पकड़ कर बोला, वायु मेरे साथ वापस चल । मैंने उसका हाथ हटाते हुए कहा नहीं दोस्त अभी नहीं, बस एक वादा कर तू मुझसे, तू उनका ख्याल रखेगा और मै तुझसे खत लिखकर बात करता रहूँगा। इतना सुनते ही उसने मुझे खींच कर गले लगा लिया और मुझसे चिपक कर रोने लगा और कहने लगा, जा वायु क्योंकि यहाँ के लोग तेरे प्यार को कभी ना समझ पाए, मैंने तेरा प्यार देखा है, तेरे इश्क़ पर तो वो खुदा भी नाज़ करे, पर ये इन जाहिलो के समझ कभी नही आया और तू फिक्र मत करना वायु, जब तक मै जिंदा हूँ, उसके परिवार पर कभी कोई आंच नहीं आने दूँगा। उसे आखिरी बार गले लगाकर मै बस में बैठ गया और फिर थोड़ी ही देर में बस वहाँ से निकल पड़ी।

१४

अगले दिन सुबह श्रीनगर पहुँचते ही वहाँ से सीधा जम्मू की ओर निकल पड़ा, जब पहली बार श्रीनगर आ रहा था तब इन पहाड़ियों और यहाँ की सुन्दर वादियों को देख कितना खुश हो रहा था और आज इन्ही वादियों को देख एक घिन सी आ रही थी | ना जाने कितनी नफरत भरी पड़ी थी यहाँ इन वादियों में। रात को जम्मू पहुँचते ही सीधा दिल्ली के लिए निकल पड़ा, बस से उतर के सीधा रेलवे स्टेशन जा पहुँचा, जैसे ही पहुँचा तो उसी वक़्त एक गाड़ी प्लेटफोर्म पर आकर खड़ी हो गई, मै तुरंत जाकर उसमे चढ़ गया रात भर ट्रेन में बैठे-बैठे आफिया को ही याद करता रहा, कब नींद लग गई कुछ पता ही नही चला।

अगले दिन सुबह जब आँख खुली तो गाड़ी एक स्टेशन पर खड़ी थी, गाड़ी को रुका देख मै उससे उतर गया। स्टेशन पर उतर कर ध्यान से इधर-उधर देखने लगा जैसे ही स्टेशन के नाम पर मेरी नज़र गई, मै अपना सर पकड़ कर जमीन पर बैठ गया और मेरी आँखों में एक बार फिर सैलाब सा उतर आया। यह वही स्टेशन था जहाँ मै बचपन में जूते साफ किया करता था, इतने सालो बाद आज किस्मत ने मुझे फिर वहीं लाकर खड़ा कर दिया था। बचपन में अपने माँ बाप को खो कर आया था और आज इतने सालो बाद फिर एक बार अपना प्यार, उसका परिवार और एक भाई से भी बढ़कर दोस्त को खो कर आया था। मै तब भी अकेला

था और आज भी अकेला ही खड़ा था। उस वक़्त स्टेशन जैसा था आज भी वैसा ही है, इतने सालो में अगर कुछ बदला था तो बस यही कि मेरी ज़िन्दगी ने ना जाने कितने ही पड़ाव देख लिए थे और ना जाने अभी कितने ही देखना बाकी रह गए थे। आज एक बार फिर मै ज़िन्दगी के इस सफर में अकेला ही खड़ा था, आज मुझे फिर तय करना था कि मुझे जाना कहाँ है, मुझे अभी जीना था क्योंकि मै नही चाहता था कि मै मेरे प्यार से किया आखिरी वादा भी पूरा ना कर पाऊं।

...जारी

एक झलक
अगले भाग के लिए

आज अपने अतीत के उन पन्नो में खोए हुए मेरी आँखें भर आई थी, कि तभी राजेश बोल पड़ा, क्या वायु मै तुझसे मिलने इतनी दूर से आया हूँ और तू है कि यूँ ही अपना मुँह लटकाकर बैठा हुआ है। मैंने कहा- ऐसा नहीं है राजेश, बस आज तुझसे बात कर कुछ पुरानी यादें सोच कर आँखें भर आई। फिर जल्द ही अपने आँसू पोछ मै तैयार होकर राजेश के साथ शहर घूमने निकल पड़ा। घूमने जाते वक़्त रास्ते में सबसे पहले हमने मेरी बेटी जिया को स्कूल से लिया, आफिया के बाद इस जीवन में जिया ही थी जिसके लिए मै जी रहा था। गाड़ी के अंदर बैठते ही राजेश को देख उसकी ख़ुशी का ठिकाना ना रहा, देखते ही बोली चाचा अब समय मिला है आपको हमसे मिलने का। राजेश उससे कान पकड़कर माफ़ी माँगने लगा, हंसी मजाक का जैसे दौर ही चल पड़ा, गाड़ी बढती गई और ये सफ़र यूँ ही चलता रहा|

लेखक
सुयश त्यागी